（ことばの生まれるかなたへ。）
ゆくみちとかえるみちは
どこでまじわるか？

現代詩文庫 237

思潮社

中田敬二詩集・目次

装幀・菊地信義

詩篇

未刊詩集〈デマゴーグ宣言・その他〉から

終着駅

終着駅へは
アタマかくしてはいります
かくごなど
さらさらにしません
雨のふる朝はなおさらです

きをつけてください
かっぱらいがいます
ひとのメガネとるやつがいます
いまわのきわというわけで
みれんたらしく
あっちがわをのぞきにくるのです

まず両替をします
それからキップとキッテと
ブドー酒をひとびん買うと
もう青空が見えてきます

陰気な二等待合室
手洗所と床屋
郵便局は
ジプシーとつれだってすどおりです

エア・ターミナルがぼくのサロンです
世界がみんなそろってます
それからソファも　きいろいのや
あかいのやみどりいろや
コーヒーはゆげをたて
Jet direct to ——
さぁて　どこへ行きますか
むせたカップがはちあわせです

ジャンニ・モランディがうたいます

〈どうしてもおまえをすきになれない
ところがおれにはあってだからとい
ってほかのやつらがすきなわけでも
なんでもないが――

つまり　もうじきおわかれ　とおもいます
兵隊食堂はワリビキです
たたかう男が安いめしにありつけるのは
とうぜんなことです

透明で荒涼とした地下道にでます
暗くてながぁい一本道
ちょっといいでしょう?
自分の影に自分がよりそって　ね
それから階段をのぼります

構内は滞貨の山
でも　あかるいでしょう?
広いでしょう?

柱を縦横の直線が切って
レールのまがりぐあいもわるくないでしょう?
ずっとむこうまで見えます
ヴェネツィアも雨
テヘランでは雪ふってます

さきまわりして　のらねこが待っています
花束をもち　サングラスをかけ
礼拝堂のまえで遺骸を抱いています

ようやくたどりついたのが出発の掲示板
でもキシャにもヒコーキにものるわけでなく
時間がきただけのはなし
逆もどりです
こんどはケツからでていきます

（『デマゴーグ宣言・その他』一九七一年私家）

詩集〈埠頭〉から

レモンの海

冬　わたしのそばに
はだかのおまえがやってきて微笑む
すると
レモンの海がひろがる

わたしはネクタイを断崖にかけ
白いシャツを天空にうかべる

おまえのなかで砂のくずれる音をきいて
わたしはどきまぎする

で　ちいさなおまえのうしろにかくれて
すこしだけ虚無にふざけてやる

わたしたちははだかで
ひっそりと待つ
それから
海辺にとりのこされた陽だまりで
竪琴をひく

ネギと仔犬とタヌキと人間の娘

ネギが生えている
そのネギから　まっかな死の葉が生える
それから　仔犬の尾も生える
仔犬は　ひたむきないじらしさでだきついてくる
しかし彼はネギの囚人である
だからぼくたちは別れるよりしかたがないのだと
よく言いきかせてやる
そこへ　ランドセル背負ってタヌキがやってくる
いろじろのそのタヌキは　胸毛を見せて
おとなになればどうしてもタヌキであることがみんなに

知れてしまうんだと
とてもかなしそうにぼくに言う
でもそれはぼくにもどうしようもないことだから
ぼくは彼ともサヨナラする
ぼんやり道ばたに立っているぼくを
人間の娘がハサミでなぐりつける
ぼくの脳髄がぐしゃりとつぶれる
ぼくは
ぼくを殺したことを後悔して涙をながすその娘を
とてもかわいいと思いながら
死のネギのそばで
ながながとのびてしまう

女へ

きみの愛は
たぶん見つからないだろう
きみの向う三軒両隣り
をつつむ東洋の歴史
をつつむバンアレン帯につつまれて
太陽系の片隅であおざめるこの惑星は
はなもちならぬちんぴら
意識をつつむ意識
をつつむ
この茫茫——
つまり
きみは
なにをしてもいい
芸術?
よかろう
人間尊重?
よかろう
花鳥風月?
よかろう
憎悪?
またよかろうさ
しかしきみは

自転するこの地球に手を触れたことがあるか？
黒潮に足をふみはずしたことがあるか？
海の底がとうに抜けているのを知っているか？
板子一枚下は地獄だと——
むきになるのは
それからにしてもらえまいか？
愛などと舌たらずなことを口ばしるより
好奇心のほうが気がきいてないか？
きみは
二十年まえ
雨にぬれた爆撃の焼けあとで
死んだ老婆の金歯がきらりと光ったのを見たか？
無表情な男がそのそばを通りすぎたのを見たか？

サハリン島

　きみたち
　どこかへ行ってくれ
　さもなくば　なにも言わないでくれ

じゃ　おれのうまれた島を見せてやろうか
水源地の谷川にざっくりとキノコが生えて
森が燃えつきれば
冬だ

海はいちめんの氷原だ
見物人は海獣一頭
おれは敏捷なかりうどのつもりだった
あいつには子供をうませるべきだった
凍りついた廃船のそばで
はあっと息をふきかけてやる
葡萄状鬼胎

これがとっておきの植民地の空だ
なにが見える？
凄惨な落日を慕って

凧とんでないか？
やがて撒きちらされるハガネの星に
額を切り裂かれると知って
びゅんびゅん唸りたけってないか？

春も秋もない
したがって成熟ということもない
夏に哭いたカラスの屍体が一つ
こごえているばかりだ

ふたたび女へ

こころのやさしい女よ
かなしげな表情でそっぽむく
ニホンの秋よ
おまえに悪意を持ちはじめてから
すでにひさしい

竿のさきにとまっている赤トンボが
運命だなどと
コオロギがころころりぃと泣くのが
愛だなどと……
ばかげてる

おまえは森のうそさむいくらがりで
自分をけんめいに支えてるつもりだろうが
そしてそんなおまえに　ときに妬みを感じもするが
そこから
田園の荒廃はただの一歩だ

みせかけの成熟よ
女よ
――春がうごく
その芯のところでうごく
モグラが北をむいて哭く
地上でツゲの新芽がでる
そのまた上を風がとおる

と　おれがこの春おまえに言ってやったのは
あれは
ウソっぱちだ

どんな男でも
こわがってる（こわがるようにしてる眼と）
こまってる（こまるようにしてる口を）
持っている
だから
寝不足の猫が陽だまりであくびすると
死など考えたこともない男がつぶやいたりするのだ
――おれの死ぬまえに
――おまえを殺してやる
やつらのかるぐちは軽薄でも
欲望はおもおもしいものだ
三界に家がないのは　むしろ男のほうだ
春秋ということばが一年を意味するとは
まことに不愉快だ

ニホンの夏さえも　不要なものだ
やつらが昨日町へやってきて
だれかれをつかまえては　いんぎんなものごしで
ていしゃばはどこですかときいていたのを
おれは知っている

女よ
はだかになって抱きあうのには
冬がいちばんだ
おまえとの語りあいには
もうこのやりかたしか残されてはいない
考えてみたいと言ったのはおまえのほうだ
秋はうっとうしいまわりみちだ
むろん春も　だから
女よ
ちっとでもおれたちのからだをはなしてみな
風景は一変する
桑の実やら小籠やらがすきまかぜのようにはいりこんで

くる
そして　女には男が
男には女が
無限のむこう　まぼろしのようにかすんでしまう

（『埠頭』一九六八年思潮社刊）

詩集〈島々の幻影〉から

小心な星への追悼

追われるままに海へ出た
できそこないの朝が船底を蝕み
突風は鼻唄をくいちぎってはやばやと夜を呼びもどした
親船の影はこっちから見かぎってやった
きょうだい？　きょうだいも棄ててきた
狂いあわだつ玄海灘で
舵輪を波が奪っていったあと
浮力というものがどれほどなやましいか
平衡感覚というやつがどれほどおそろしいか
孤立した盲目の星くずにゲリラはふむきだ
ずたずたにされた吃水に身をよせるだけが漂浪の技術だ
ねがえった波止場をふりむいてはならぬ
海馬島をすぎたらうしろ手で戸をしめる
潮に頬をさしだす断崖　流人島だけが大陸ののぞき穴だ

＊

外地とはまたしゃれた呼び名をつけたものだ
外地はとおいとおいゴミ捨て場
外地はまぼろしの嗅覚
漁夫は季節を塩づけにし
坑夫はたおれた花々をトロッコにつみあげる
淫売婦が不実な情夫にしかえしをするのにてかずはいらない
すっかり忘れてしまうだけだ
丸太ン棒をもった植民者《よたもん》にけどられずに
それだけのことだ
それだけで冬は澄むのだ
すさまじい呪詛を落日が吐きつくしたら
地上のしわぶきがそのまま天の音楽となる
氷りついた無数のシャンデリヤだ
氷りついた無数のシャンデリヤだ

＊

銃声が間断なくきこえる原野で、星たちが合図を送ってよこしたのはたしかなことだ。避難民をつめこんだ貨車のかげからわたしが飛びたち、夜空の一角で数時間をすごしたことも、おさないわたしのつくりばなしではない。なんどか足をふみはずしたときのおそろしさが、いまもそっくり胸の動悸にのこっている。

空で、懸命に重力にさからいながら、わたしがどれほど自由だったか！　眼のまえで一刻々々が消滅し、蘇生した。いっせいにとびだし、闇に交錯する光の束。星たちは満天に白銀の炎をかかげ、時間と空間のふしぎな結合の瞬間ごとに、あざやかな光芒の尾をひいて消えた。わたしははるか彼方まで見わたすことができた。まわりをあらゆる天体がゆっくりとめぐった。わたしがへばりついているオブラートのように透明な宇宙の外壁は、そのままで宇宙の中心だった。

捕虜をつないだいくすじものクサリと、独裁者たち（スターリンやルーズヴェルトがたしかにいた）の影を月の魚眼がうつしだしたとき、わたしは地上に堕ちた。そのときわたしは逃亡兵であったが、自分が逃亡兵であることを、これまで一度だって——星たちといっしょだったときでさえ、わすれたことはない。地上では、赤い肩章をつけた巡察兵が自動小銃をかまえていた。

＊

燃えつきた辺境の火よ
いま息子たちは悲惨だ
かれらがどれほどおまえを迷惑におもっているか
おまえはいくつかのかじかんだ愛を海にかえしてやり
ただひとりカラの椀をかかえてくににまいもどったが
センチメンタルなおまえのおかげで
原始林の怒りはそのまま息子たちの怒りとなった
おまえの息子たちもまた息子をもったが
無人の稜線をよぎったカラスのなきごえのように
女はいつまでも過去を見せつけようとする
みんなおまえのかるはずみのせいだ
だからいまも
冷えきった無数の隕石が
眼をふせてここに堕ちてくるのだ

＊

くにの、杉木立のそばの掘立小屋で、星が舌をかみきったのは一九四八年四月の夜だ。そのとき、彼は文字どおり飢えていたし、喘息の発作と呼吸器の荒廃が全身を針のように刺した。しかしこれらが自殺の理由だとかんがえることはできない。まして、別れた女への思慕とか、薄情だった継母や息子たちへのアテツケなどであるはずがない。彼の孤独が、そこからぬけだすことのできない自分に死をえらばせたという言いつたえは、それなりに正しいとしても、そのおなじ孤独が、生涯夢を手ばなすことに同意しなかったという点に、注目しなければならない。そうでなければ、彼の夢だけがいまも夜空にいきづいているのを説明することができない。「なにもおもしろいことがなくなった」という彼の最後のことばは、このように解釈しなければならない。

系譜

氷河の谷をわたりウラルを越え
はるかシベリヤの泥土にのぞんだ
無数の湖が天涯の砂塵をやどし
稚い草原で水嚢をみたした
夢はタタールの彎曲した地峡に歩みつめた

原人たちのやさしい無言にこたえたことをおれは悔いて
いない
ハマグリの粘液とひきかえにさいごのさわやかな夜をわ
たしてしまったことも
あまい草の根をもってきた海人のためにトチの実を焼き
砂漠をわたってくる微風がシル川をアラル海に追いかけ
たように
イノシシを追って島々の放浪をたのしんだことも
おれは悔いていない

おれはまた
しのびやかに降りつづく臆病な雨とのとりひきさえも悔
いていない
丘陵にたちのぼるいくすじかのけむりのむこうに
水田のうちつづく大陸の朝をおれは見た
イネというものを見たことがなかったのだ
照葉樹林帯のふかい藍色のかげりが
おれにジュンガリヤ草原のむかしをよびさまさなかった
ら
シイの木との接吻だって
おれは断念しただろうとおもう

とよむ雲をもたない地平をおれは憎む
肩そびやかす娘たちの影うせた町
母親の罵声の息絶えた家々をおれは憎む
掠奪した鏡のかなでるいつわりの呪文に
あの性悪な巫女のさそいにのったのが運のつきだ
黒潮にのってきた虐殺者ども
いれずみをした奴隷狩種族の
不毛な文明へのながしめのことだ

半島をわたるサギのくちばしが清冽な泉をさしだしたのに
恐喝と妥協がぬすんだのは死をみごもった砂丘だけだ
おれはおれの神を暗い洞窟にとじこめ
トンボやカマキリや糸ぐるまの音といっしょに埋葬した

おれは異教徒の悲哀をそいだ剝片石器　孤島で飢えるハンの木だ

あれから
おれたちの村に陰惨な風が棲みついた
村人はうつくしい森を売ってみにくいあきらめを買った
悔恨をみちづれとするまやかしの救いが
女のみだらなことば
男のはげしい狂気となり
四辺の海を瘦せさせた
季節のかおをぬすむ卑しい移住者たちの地層にひそむおれの怯懦を
おれの神が罰しないはずはない

太古の種族の茫漠とした支脈は
ひとすじの雫となって断崖を墜ち
みぎわにくるい咲くあだ花となった
つゆぞらに島々ははなやぎ
波がしらがとおくちかく　わいざつな環をえがく

かの剽悍なる北方騎馬民族の跳梁したしるしは
この地にない

旅について

それを——
娘はカメラをもってでかける
カメラを棄てて崩れた岩によじのぼろうとする
わたしにはそれがよくわかる

娘よ　おまえによく似た少女が
さようなら《ボナ・セラ》とわたしに言って国境の自分の町に降りてい

ったとき
わたしは旅人であった

娘よ
旅はきれぎれの異国語だろうか？
旅はドロボーと親切な隣人だろうか？
旅は観光バスだろうか？
旅は航空会社のパンフレットだろうか？

旅は軽快な歩行だろうか？
旅は醜怪な舞踏だろうか？

旅は自分から出てゆくことだろうか？
旅は自分にかえることだろうか？

旅はいくつもの時代といくつもの国家だろうか？
旅はひとつの時代とひとつの国家だろうか？

旅は戦争だろうか？

旅は平和だろうか？

旅は盆栽と茶室だろうか？
旅は糸杉とチャペルだろうか？

旅は広告塔だろうか？
旅は群集だろうか？

旅は椅子だ　旅は灰皿だ　旅は書物だ　旅はベッドだクッションだ　旅は売春婦だ
旅は平原だ　オオカミだ　豚肉だ　ネギだ　荒物屋だ　郵便ポストだ　コーヒーだ　ピアニストだ　タクシーだ　正義だ　革命だ　怠惰だ……

娘よ
旅は世界じゅうの人間のことばをひきつれている

わたしは娘のあとを眼で追い
娘の姿は青空に消え

旅は
危険な朝にむかえられた

島の風について

あるときは神のように指名し、あるときは呼子のように切り裂き、あるときは花蕊のように触る、というふうに、風からその特性を超越的にぬきだすことはほとんど無意味だ。

いくつかの時代をもつ風がある。さまざまな風物を時代ごとにうたい、時代はそれぞれに固有な方法をもつ。順を追って成長し、成熟する度合に応じて階層的に自分を深化させる。生涯に自分がもったいくつかの時代を、風はパノラマのように展開してみせる。

一つの時代しかもたない風がある。というより、いっきょにすべての時代をもってしまう風である。生涯のおわりのごくみじかい期間におとずれる成熟は、混乱の様相をおびる。性急に自分にかかずらわっているようにも見えるが、むしろその対象をあらわにすることに執着し、狂奔する。

ヤマセは、冬のおわり島の北西の斜面に吹きつける、春に懐疑的な突風だ。一年のこの時期をのぞいては、いつも島のどこかにうずくまっている。島との相対性を失いたくないのだ。それでいて、なにごともはじまってはいないという意識に、いつもいらだっている。変化のなかでしか島が名前をあきらかにしないことを、百も知りながら、自分は宇宙の塵埃だという認識が、風に運動を見失わせたのだ。

ヤマセは、ひゅうっとひきつるような唸りごえをあげ、はげしく旋回し、切りたった崖をえぐって谷を襲うが、アラシほど島を怯えさせない。また、アラシのように雨や雪をともなわないのは、解体する自分に潔癖であるためというより、解体する自分をとおして島が見えてくるのをねがっているためだ。性急そうに見えるが、かならずしもそうではない。ただ近づいてくる春の、欺瞞にみちた跫音ががまんならないのだ。文学的な風とでもいうほかはない。

（『島々の幻影』一九七三年思潮社刊）

詩集〈歳時記抄〉から

34

ハハの国に行ってきた
ナライが硫黄を降らす別荘分譲地をすぎ
イソブキのてらてら生えるほの暗い谷をつたい
凝灰岩の深い亀裂をてさぐりにくだると
釣り師たちの影はもうどこにもなく
焔の燃えるカンピ・フレグレィの岩塊を切断した
六つの割れめのある梯形の回廊の奥に
白髪の巫女《シビュルラ》はうずくまっている
クーマエ
渦を巻くオーケアノスのほとり
アウェルヌスの魔湖に
鳥たちは首を投げてまっさかさまに落ち
たった一本の枯枝を手にして
夜も昼もあけっぱなしの門を入り
太陽のささないキンメリオイのふるさとで
ソフィア・ローレンによく似たプロセルピナに会ってき
た

〈凡そ人死亡《し》ぬる時に、若しくは経《わな》ぎて自ら殉ひ、或は人
を絞《くび》りて殉はしめ、及びあながちに亡したる人の馬を殉へ、
或は亡したる人の為めに宝を墓に蔵め、或は亡したる人の
為めに髪を断り股を刺して誄す。（考徳紀）〉

義父のキュウタロウはすっかりアタマがよいようだった
炭坑夫に殴り殺されたときいていた義母のハナコもそば
でほほえんでいた
ざんぎりあたまで占領地をさまよったチエコよ　こころ
のやさしい娘よ
カズオニイサン　外套を着たまま防波堤のそばに埋めら
れていたね　築港司令の命令でついてきた少年兵がそ
れを見て　ぼくにマホロカを巻いてくわえさせ火もつ
けてくれたよ　ソリに乗せて火葬場へ行くのは　重か
ったぜ　途中何度も歩哨に呼びとめられ　とうとうぼ

くの手製の棺まで銃でこじあけられてしまったけど
ごめんよ
タケオニイサン　どんなにかつらいおもいをしたんだ
ね　ぼくは名前を知らないが死んだ女のひとと赤ん
坊　どうかニイサンをゆるしてやってください
マサミニイサン　生きていてくれたらいろいろ相談した
いのに　とても残念だ
ばかなやつらだ　とケンジロウはあそこでもあいかわら
ずいばっている　わしゃはじめからいくさなど信じな
かったとたい　ばってんシャンハイではだいぶ儲けさ
せてもろた
ハルオさん　義理の兄弟ということになりますね　キン
シクンショウがとどいております

父はれいの猫背で咳こみながらやってきた
アケロン河のそばのヤミ市には
古靴　マッチ　手巻きタバコのバラ売り　こわれたラジ
オ　痩せこけたヒナドリ　ブリ　キのナベ　錆びたス
トーヴ　戦闘帽

父が舌つづみをうったサッカリン入りのシルコを売る屋
台　そばにカストリの屋台　行き倒れの漁夫　それか
ら
引揚げのときにもってきたたった一枚のハオリを千円で
売りはらった古着屋
父よ
あれらはいまもそっくりあのとおりで
わたしはいまも臆病な兵隊にすぎません
父よ　臆病なだけでなく狡いわたしは
あなたを背負って戦火をのがれることもせず
イカのシオカラをトウキョウで売ろうというあなたのさ
いごの希望さえ拒み
とうとう飢えたあなたを飢えたわたしが殺してしまいま
した
そのあなたのふくれた胸と
裂けた舌を　父よ
いまわたしはもっています
夢を殺めるこっけいな身ぶり　あなたの夢を
あなたとおなじ島　あなたとおなじキューメーの町

わたしたちの欲望　盲目の手
虹彩を病む水脈　わたしたちの生はいまも
海をわたるねがいだけについやされます
父よ
海をわたるねがいだけに

とおく　じつにとおく
ティレーニアの海鳴りをきく
おおわたしの帰郷！

やさしい屍たち！　情死なら
センチメンタルなかたち
みだらなかたちを強調せよ

崩れながら憧憬を着よ
接吻のしぐさをせよ
ひき裂かれた女たちよ

わたしはオルペウス　イザナギノカミである

月との和解を知らせにきた

ウナサカで
キリストとシャカとわたしは
三人ならんで暗い東の空をながめた

さいしょにダラクした男たちはまた
さいごのコドクな男たちでもあったから

教義と神学は死者たちのパンタロンだ
断崖の洞穴めがけて虹のように駈け降りてきた

ここはガンガのつづきだ　とシャカが言った
かれはうんざりしていた
ガリラヤ湖はちっぽけなみずうみにすぎない　とキリス
　トは言った
あきらかにかれはいらだっていた

わたしたちは常世について語った

ほかに冥府で出会った人たち――
海ゆかばをいっしょにうたったオオタ　空襲で死んだヒ
ライ　ワケノキヨマロ　クスノキマサシゲ　ニッタヨ
シサダ　タカヤマヒコクロウ　コジママサノリ　ベン
ケイ　ノギタイショウ　トウゴウゲンスイ　ヒロセチ
ユウサ　アキレウス（人なつっこい男だ　かれはいま
もかんがえは変らないと言っていた）　屋根から落ち
て死んだ酔っぱらい　溺れ死んだいねむり水先案内人

ずっと底のほうに　いまも
暗黒にとざされウジとムカデにくわれつづけている連中
　を見た
かれらは二度と土にもどることがない

クーマ――いまはそう呼ばれている――からの帰途
わたしは丘の上のしあわせの門に佇んだ
廃墟の管理人が言ったとおり停留所はあるにはあったが
バスがくるかどうかはわからなかった

傾斜のゆるやかな野にケシが咲き　点々と石壁の家が見
　えた
ずっと下方に古代墓地があり
アクロポリスへの聖なる道を右に入ったアポローン神殿
　には
恋人らしい二人とわたしのほかおとずれる人もなかった
南に下れば
ギリシアとエトルスクの海戦があったというバイアの湾
　にでるが
その道は工事のためにとざされていた
小一時間ほどして親切なナポリ人の車にひろわれ　ポッ
　ツウオリをすぎ
暮れつきたナポリに着いた

35

パトモスのヨハネがやってきて勝手に標識をだした
――キケン　サイジョコウ

サイゴノシンパンがあるんだという
ビニールハウスに住むんだという
おせっかいな黙示録作者だ
紫と緋の泥絵具を塗りたくられて
栽培イチゴ一箱六十円
青ざめたる馬で火口原をひとまわり三千円
なるほど道はここで狭まるが　どのみち
一歩歩けば百の神聖につまずく
はじめから舗装するものときめてかかり
尊大な嫉妬心をてらてら光らせ
路傍で花々は咲いたまま腐っている
そんなある日死海のほとりからヨセフスがやってきて
祖国が戦争だという
こっけいなことだ
かれのふるさとはとうのむかしカルデア人に亡ぼされ
いまごろはあたらしいシンチュウグンが海のむこうから
　やってきて
神殿をこわし　シンデンハテッテイテキニハカイサレ
死魚のみちみちた湖畔に
ドナテルロの木彫そっくりのボロをまとってマリアが立
ち
混血児らは福音を叫んでいるころあい
サマヨウタマシイが夜となく昼となくよろよろふらふら
　歩きまわっているはずなのに
まったく
この世はどうかしてしまっている
どうかしてしまっているにはいるが
こうやけにハラがたつところをみると
おれはまだ千年王国の住民であるらしい

38

ツバキの花が五百コ冬陽にてらされている
ツバキの葉はゆったりと広い
ツバキをサクラにする
ハナハサクラギ……

ひとに似せる
呼びだしはおなじセイイタイショウグン
かたりもの　ペルシアの人々　カンジンチョウ　ベンテ
　ンコゾウ
なよやかな演技にいろを失え
カルタゴ遠征いらいテンネンノビを吹きつづける

よく隠れる月はよく生きる
田の面がうつしだす不安におののいて
ときに神や仏に似せたくもなる仮面の
ブンカに扮しガイネンに暗転
倒錯した原始をよろこびあうコロス
ころり首を落とすなどスゴむ喜劇作者の
虚無

てざわりのたしかな他者
ツバキのタネを風雅ととりかえる
鎮花祭の日
黒海のほとりから減刑嘆願書がとどく
平和な日々である

39

道ばたの
トゲのある葉ずえに身を投げたエンドウが
指にからみついてくるのを
死んだ笹にあずけて
離れる

たとえ痩せこけていても
ウナギをとろうとして溺れ死ぬよりマシである　まった
　く
こうどこでも恋のはなしではうんざりする
しかし土着とはなんだ?
ドレイの思想ではないか

下紐解けぬ

くさまくら
旅のまろ寝に

41

颪の
いくつもの切れた環が海に落ちる
声を奪われる日々
荒れた牧草地に痩せた牡牛をつれてゆく
それから
かじかんだ手にふっとイキをふきかけて
夏の海からもどってくる娘たちのために
シャワーをつくる

（『歳時記抄』一九七四年思潮社刊）

詩集〈マルコの旅〉から

南禅寺

おんなとはこのあたりで別れたような気がする
山門をおりてから法堂を左に南禅院の下手を折れる
疏水はにごっている　十年まえは
ながれももっと速かったような気がする
西日をあびてきらきらと光っていた
いまは暮色が濃い
しめやかな秋風の好色がわかったとき樹々の緑は老いて
いる

しかしなんといってもイシカワゴエモンは理想の男で
忍術をつかっていったんは縄目を逃れても
馬の腹からドロドロ現われて捕われた子供といっしょに
　釜煎りされたなんざァ泣かせる
大明十二代神宗皇帝の臣下左将軍宗蘇卿がわすれがた

み　養父が武智光秀というのがまたいい
方丈にあるという庭園のうるさい理屈は避けた
盗んだものが盗まれたものであることをはっきりさとる
べきだ
べつにもったいぶらなくても　別れたとおもっていたら
会っていたり会っているのにじつは別れていたりする
ことは現実にいくらもあって
なまなましいひとりのおんなの欲望を野狐禅のなかにと
じこめたりうすずみいろにひきのばしたりして
こころをさわがせたりさわがせなかったりすることから
おとこのダラクがはじまる
湯どうふもおんながいなければうまくない

歩くことにした
インクラインを渡り　朱塗りの大鳥居のこっちがわを水
路にそって祇園に出る
じつにしらじらしい気持で芸妓屋の軒下などのぞき　四
条のさきを

高瀬川べりを歩く
旅からもどってきていぜんとして旅のなかにいるという
ことがかすかにこころをなぐさめる
仕置の場所は七条河原
六波羅蜜寺というのはむこうのほうらしい

カモノチョウメイはいいさ　とふとおもう
かれにはスミゾメノコロモがあった
つむじかぜと大火事があった
この平安の世に　おんなの墓に線香あげて煮えたぎる油
のなかにとびこめとはだれも言わない
明治二十年代加賀の能美郡在の若者がここまで歩いてき
たが
そうそうに京都を去り
周防灘を日本海に出て佐渡の沖をいっさんに北上した
嵯峨野はうすらさむい
落柿舎は痩せこけていて醜い

とうぜんのことながら　ここはパリのようにも長安のよ

うにも暮れない
眼にうつる風景とちがうこころをもっているのはいいことだ　おとこが眼とこころをべつべつにもっているのはいいことだ　くらい眼ととおいこころ
あすは東寺へ行く　それから万福寺も
継子のゆくすえおもえばこそ折檻もするというおんなの理屈がわからない

巡礼にごほうしゃ

アダへのたより

海をへだてているということが恋人をどれほど怠惰にしたか
裏切りさえもゆるされた
それを憧憬と呼んだ
アダよ
小心な異教徒の眼にきみがどれほどうつくしく見えたことか
ぼくは民族大移動の波のようにずかずかときみの広大な領土に押し入るはずであった
それなのにもうドアのそとでおじけづいた
きみのローマでのことだ

水平線のかなたは崖のようにそぎ落ち　その底に冥府があるという狡猾な夕靄の口実を信じて　浜辺へのふるい敵意をいだきつづけた
クニヤブレテサンガアリ　ばかな　しかも浜辺がおなじ浜辺ならば
敵意のなかに郷愁を見るほかないではないか
遁走である
——中夜に及《イタ》る比　大風四も起りて波瀾《ナミ》を扇挙《ウチア》げ　光輝《テリ》きて日の如く　陸《クガ》も海も共に朗《アキラ》かに　遂に波に乗りて東にいきき　古語《フルコト》に　神風の伊勢の国　常世の浪寄する国と云へるは　蓋しくは此れ　これを謂ふなり
とすれば　ぼくのほうこそかの地の先住者でなければならない

故郷を逐われた風神はなにを見たか
旅をするだれもがするおなじしぐさでヒコーキの窓に額
　をこすりつけ
島々がつかのま水平線上に姿を現わし雨に打たれ　変色
　して波間に消えてゆくのを見たにすぎない
アダよ
どだいこの道ゆき　接近のかたちをとるには無理がある
ほととぎすの影などどこにもなかったこともたしかだ
旅とは　旅人とは　ほとほときしょくのわるい
かわりはてた波うちぎわをなぞって合羽など着こみ腐っ
　た藻のようにただよった
澪は不能の影にとざされ　魚たちの回帰は見せかけの永
　遠にすぎなかった

＊

ヒマラヤの麓で仏教寺院の境内へ野菜市を見物にでかけ
た　朝はやく商家の内儀が真鍮の盆に供物をささげて
きた　掌を合せ　読経する僧侶の膝もとに米つぶを落
　した　山は一日に二度燃えた
もしぼくが旅人としてしかきみとともにありえないのだ
としたら　ぼくにのこされたみちはぼくの旅のなかに
きみをまきこむという強引さにしかないだろう
アダよ
インドからのたよりとどいたろうか
きみのメッセージはカーブルで受けとった
そのときぼくは仏陀とギリシアの神々とのすばらしい群
　像を見てきたばかりだったからひどく昂奮していた
ああぼくを有頂天にするこの神聖の混淆！　力づよき
ヘラクレス　花かざすヘレネよ！　いやあれは葡萄の
一房だったかもしれない　なにしろ菩薩たちは地中海
の潮の匂いをぷんぷんさせていた
きみの隣人たちが陽気におしゃべりしながら通りすぎた
体から水分がぬけると地平が見えてくる
それにしてもすわりのわるい壺だ
左右不整合である
けものの血でえがいた文様をもっている

粘土の輪の眼をむいている　これも左右ちぐはぐである
トサカは欠けている　コーカサスから侵入したキンメル
　人の嫉妬のしるしにちがいない
どのようにしてイラン高原をヘラートにたどりついたの
であろう　亀裂には穀物をねりつぶした糊をぬりこん
だ上に木の葉をはりつけてある　剝がすとへんになま
なましい赤褐色の肌があらわれる
アダよ
三千年まえのそれらの朝がぼくにとってどんなに新鮮だ
　ったか
ぼくは無数の旅人たちを眼のあたり見たにすぎない　そ
してそれら無数の旅人たちの旅の渦に　無数のきみ
きみたちの旅の渦にぼくのほうでまきこまれてしまっ
たのだった

ヒンドゥークシのかなたを道士が吟じ去った

東のかた海上を辞して来り
西のかた日辺を望んで去る

鶏犬　声を聞かず
……

ヒジョウジなのであった　大軍がゆききした　きみは木
戸をあけるとくらがりからそっと声をかけた　すると
ぼくのなかを草原がかぎりなくひろがった
草原のなかにいて草原を拒むことはばかげている

＊

草原が海に変るのを見た
たえまない噴火と地すべりが海嘯を生み　きりたった褶
曲山脈と砂漠のあいだを潮が流れ　海は地平の刃を隠
した
アダよ
ケンコンノヘンハフウガノタネ
あらゆる海はけものみちである
あらゆる島はキャラバン・サライである
海をあざむく狩人を警戒せよ　警戒せよ
水平線は地平線の正確な擬態であり擬態以上のなにかで

ある　ウラシマタロウは七百年竜宮城にいた　ヴィシ
ュヌ神は海底深く沈められた大地をたすけだすために
イノシシとなって海にもぐり　千年のあいだ大蛇と闘
った　じっさいきみは竜女のようだ　ぼくはラクダに
乗ってゆく
とおい日のはるかな往還
——モーセ手を海の上に伸ければエホバ終夜《ヨモスガラ》強き東風
をもて海を退かしめ海を陸地《クガ》となしたまひて水遂に分
れたり　イスラエルの子孫《ヒトビト》海の中の乾ける所を行くに
水は彼等の右左に墻となれり

アダよ
ときどきぼくはどしがたい楽天家だ　異郷があるから故
郷もあるという感傷にかかずらいすぎた
もし旅がかぎりなく現実にちかづくのなら　ぼくの帰郷
はかぎりなく現実をとおざかるほかにない
海を渡ると故郷はあるのだ
一点の雲もないホンコンの空をヒコーキが発ったら
砂漠を巻く砂あらしのように傲岸な関所やぶりのよう
に　こんどこそはものも言わずに
水平線のむこうがわからずかずか押し入ることにしよう
税関吏がぼくたちのスーツケースを念入りに調べあげる
だろう

（『マルコの旅』一九七六年思潮社刊）

詩集〈海は片眼をつぶり〉から

草原幻花

ラブホテル・さんすいへいくには
草原のくらがりをよこぎらなければならない
くらがりにはいまも売春婦のソメイ（じつはヤマカゲ）
　さんが佇んでいる
そんなことわかんないわよ　とかのじょは言う　どこま
　でがショーバイで　どこからがアイかなんて

この肖像
さっさと葬ってしまっていいものかどうか
たとえマボロシでも
まだこうしてイキをしているものには場所をあたえるの
　がほんとうだ
第二病棟の裏の崖っぷちでささやいている　返事はいそ
　がなくていいの
返事をいそいだほうがよくはないか　でなければ
なにごとも見えてこない
ここは中間地帯である

ヤマナラシのこっちがわでイワンの茶が咲いていた
イルクーツクのホテルで
オーストラリアへかえる看護婦と知りあった　それから
カナダで教師をするというフランスの青年とも知りあっ
　た
食堂で
どのグループにも属さない鳥はない
と太っちょのジェーウシカが断言した

シャミセンはきらいだ　シャクハチはすきだ
シルカに沿い　アムールを下る
ぼんやりキリンビールを飲んでいたら
そばでターニャが涙ぐんでいるように見えた
追放されて
無名のコップが立ちつくす島のたそがれ

キスしそこなってコップは割れてしまった
ぎざぎざに裂けて
コップはもうもとにもどらない
スキャンダルだ！
そこでたまの休みダウンタウンへ
サイタ屋の紳士服特選売場へズボンを買いにゆく

盛装したヤマノ・ストアのおかみに出会い
ふっと背スジがさむくなり
咲きほこった消費のどまんなかに立ちすくんだ
狂ったおまえ　おまえたち
あそびに来たい　来たいと言って
おれの天幕に来てどうするんだ
とってもさびしいんだと言う
だいたい
ものほしそうなのがよくない　それでいて
まだ五年生のイサムくんに老後をみてもらおうなどとい
　うこんたんがよくない
涙ぐむなら　この暗渠を
濃密なベニ鮭いろでみたすべきだ　あるいは
湖に
ドラムをたたくべきだ

原始林《タイガ》はずっと北のほうだ

で　花見にゆく
で　花は咲いていて　これが散りそうでなかなか散らな
い

義理ある母親が飢えた売春婦だったことをソツゼンとし
　ておもいだす
マドンナ・プッターナとイタリア人はののしるが
売春婦は聖母のようだという褒めことばだ
アソビってのもあるんだから　とまじめなかおで言い
ソメイさんはゼニを受けとる

グーズベリーを舌さきでおしつぶす

ニセ売春婦に注意

コブクロ沢のはずれで
肖像は草原の雨に打たれている　死ぬつもりだ
ししとしと雨のなかでキヲヤルいやなやつ
とうにおびただしい死にひたされて
待ちます　待つことに慣れてるんです
しかしそうれみろ　やっぱり怒って出ていってしまった
が　これでいい
とおくのくにに交易の旅にでた商人にもとのくらしはない
花たちの屍骸を踏みつけていく

海峡のむこう岸で

海峡のほとりにいる
日付変更線をよこぎってきたらしいから　きょうはまだきのうだ
波打ちぎわに立って
オレが島々や半島をつたって海峡のむこう岸にたどりつくのを待っている
モヤにむかって叫ぶ　流氷のあいだをとぼとぼ歩いているオレの姿が眼にうかぶ
むろんオレは現われない　現われっこない
そんなことは知っている　知っていてこうしてさきまわりして
うしろむきになって立っている
オレがモヤのなかから現われるのを待っている
いつのまにか　そばにオヤジも立っていて
こっちに来るんじゃない！　と叫んでいる
しかしオヤジの言うことはいつもアトノマツリだ　海の支配者がきいてあきれる

電柱の列が見える
ねんのためにきいてみる
ずっとこっちに？
ハア　もう四年になります
これからもこっちに？
ハア　やっと永住権がとれますので

エイジューケン？

採金場のあとは荒れはてたままだ
オレはツンドラをうろつき　ブルーベリーの実を摘むのに夢中になっているふりをした
あなたはここに住んでるの？　それとも……　フロリダからエスキモー見物にやってきたヤマウラの奥さんにはなしかけられた
どこからここにやってきたの？
オレはこたえる　オレたちはずっとむかし海峡を渡ってきて
キング・アイランドにたどりつき
そこでクジラをとって暮していました
のろのろ走っている犬ゾリも浜辺のヤグラに干してあるシャケも　いかにも見せかけだけの商品だ
いまは
氷河のそばにあるオイル・ラインの基地で働いています
ときどき土産物屋でセイウチの牙でつくったブローチを売る
オヤジは太鼓をたたき観光客に民族舞踊を見せる
生きるためだけに海峡を渡った
しかしはずかしいことだが　生きるためにはユメもひつようだ
すくなくともスズヤ平原にはかなしみなどもちこむべきでなかった　いまでは
海峡のむこう岸とこっち岸と　どっちがどうとも言えない
はやいはなし
オレはむこう岸で生きたいとおもったが
オヤジはこっち岸で死んだ（それでオヤジはいまもこのへんで生きている）
いまオレはこっち岸で死ぬだろうとおもっているが
オヤジはやっぱりむこう岸で死んだ
ユメにえがいたとおりだといえる
悲惨なユメだった　と言ってみてもしかたがない
丘のむこうの埠頭に降り立ち

いきなり指さきにつまんでピースを売りつけられたとき
海峡の落日のすごさを知っているか？
スゴんでやろうかとおもったがやめた
すっかり夜になると
凍えきった星空がちっぽけな漁村のうえをおおってしま
う
そして　ちくしょう　飢えはいつだって海峡のむこう岸
だ
囚われの身であることにかわりはない
だから
海で死ねと言われても　どだいムリだ
せいぜい海峡を行ったり来たり——
木造の博物館にかかげられた地図の海峡は土いろに塗り
つぶされていて
そこを馬がとおり
氷河期がおわりになって
オレは石につまずいたりぬかるみによろけたりしながら
とおざかり

やがてちいさな点となり
空に消えた
岐れ道はそのさきにある

田園の新鮮な産物をどうぞ
田園の新鮮な産物をどうぞ
オレたちはずんずんサンセット大通りのほうへ行ってし
まう　ゴールデン・ゲートのほうへ行ってしまう　ホ
ワイト・ハウスのほうへ行ってしまう
コジンモオオクタビニシセルアリ

なに言ってんだい！　とヤマノ・ストアのおかみがキャ
ベツをつつむ手はやすめず　啖呵をきった　あたし
ゃ　レッキとしたニホンジンだよ
それはそうだ　インディアンならコロラド高原で羽飾り
つけて
雨乞いの踊りを踊る
インディアンはアメリカジンだ　ニッケイというのはニ
ホンジンのアメリカジンだ

フランク・シナトラはイタリアジンのアメリカジン　踊るチャキリスはプエルトリコジンのアメリカジン　キッシンジャーはユダヤジンのアメリカジン　モハメド・アリはコクジンのアメリカジン
英雄ポイヤウンペはアイヌジンのホッカイドージン　あんたは¼アイヅワカマツジンで¾チバケンジンのニホンジンだ
言っとくけどね　あたしゃ旅さきで死ぬなんて
まっぴらさ！

オレたちはどんどんふえる
ゆかたがけでユカタン半島のほうへ行くのもいる
マメに暮しなよ　マメマメしく働きなよ　いいマメだよ　ふっくらとしたあたしのマメを分けてやるよ

海峡のなかで外海は見えない
ヤマノ・ストアのおかみは姑のハワイ見物のために積立貯金をはじめた
ヤマノウチ夫人はブラジルへカーニバルを見にゆく

島々は海峡によって海とむすびつけられている
異国の島から異国の島へ
漂流物のようにただよっている
この電柱の列はモノレールのフジミ町駅につづいているにすぎない
エゾヤマユリのにおう道は闇に消えていて
ドアを押して入ってくる者もいない

海峡を渡ったら二度ともどってくるな　とオヤジは言ったが
青銅のヒヅメのある馬をうばわれ　ミツマタのホコまでまきあげられてしまっては
これもアトノマツリだ
で
流れる流れかたは
こんなもんか？　こんなもんでいいのか？
嚙み切りそこねた海の舌よ
オレたちのマボロシの島
そして海峡そのものがユメになった

病棟の灯はつけっぱなし
夏はまだおわりにならない

（『海は片眼をつぶり』一九八〇年思潮社刊）

詩集〈アマテラス慕情　あるいは貝殻を吹く男〉から

スサノオたち

盲いた海は
　　（終日荒れた）
酒場で
　　地まわりのボスたちが
風を殺《や》る方法について話しあっている
汚れた空のヘリで
　　ちょびヒゲなどはやし
恋のおわりをうたう少年よ
ビロードの皮膜にくるまり
　　おもい快楽が
光っている

海にナイフを投げこんだのは

海だ！
移動だ！

＊

いいぞ！　スサノオたち
いいぞ！〈この土地におれたちはうんざりだ〉＊
おお
「きみに素敵な職場を！」
おお
「高給保証！　ホステス募集」のかげから
シャッターのおりたスーパー・マーケットの窓から
すっぱい夏が
　〈おお死よ！　船出しよう〉＊
おれたちを狙っている
おれたちを狙っている
おれたちを狙っている
　すっぱい夏が　あたまを垂れて
　ブラック・エンペラーもまっつあおさ
　（ニセ太陽め！）
刺されたのは風だって？
からの水甕のなかで？　それが
　　おまえの望郷
　　だって？
マア言うことはわかる　おれたち
沖を見たことなどいちどもない
いきなり中央分離帯をとびこえ
砂利トラにぶつかって死ぬ
まっかに髪を染めた女子高生を乗せたりして

＊

天を裂いた
　飢えた境界線がジグザグに
おれたちを支えた

闇がながれでてきた
灼けた突起を迂回するな　迂回するな
ながれにギアをいれた
(ここは海にちがいない)
裂けた地底で
颪が荒れた

*
解散だ!
孤独な空を
はなびらが沈んでゆく
沈むはなびらとの距離を
いまも虹いろのワナだと言えるかどうか
よどむ潮の傾斜をいまも
走る憎しみだと言えるかどうか
乱れしく
だんだらに燃えつきた夜あけがあったか?
海は口をとざしている

(母親づらしたがる水たまりめ!)
おお
臆病なイージー・ライダーたち!　残酷な睡りよ!
ヘッド・ライトが宙をさまよい
しらっちゃけて
一つずつ波間に消える
おれたちの犯罪をのこして
おれたちの死をのこして

*ボードレール一八五九年

秋晴れ

殺人　また殺人のあと
引き裂かれた腕や脚のそばにうずくまってマッチを擦る
と
あおぐろい殺意が　また

　　　　　　ちろちろ燃えだす
　　　　　　　　　　　地上で
風はながれる血を舐める
めずらしい秋晴れだ
——灰をいただきたいわ　バラの肥料にしますの　と
凶器をかくし
隣家の老婦人が言った

弁財天

ウカツだった
正常位　というのをやってしまった
女はぷいと横をむき
　　計算をはじめたその計算機には
　　眼覚し時計さえついているのだ
ちっとばかり早すぎたか
　　　時差をはかろうとさしだした手を邪慳にはら
　　　いのけた
おなじトーキョー時間にいるのを恥じている
　　のだ

湯あがりの美女だった　行きあわせたとき
　　腐敗しかけていた
投げだされたハンドバッグのなかの運転免許証によると
　　　昭和八年ヨコハマ生れ
　　　欠けた前歯に金冠が光る
　　　黒く染めた髪の生えぎわが白い
まるでムードないわ　とつぶやきながら
厚い下腹部の脂肪がくずれかけた乳房をおしあげたとき
ふっと　忘れかけていたあけがたのけはいがして
九つの（あるいは十一の）門から
　　　　あまい水がふきでてきた
　　　　レモン水
　　　　ミルク
　　　　チョコレート

股間をビールがながれた

——愛しあったあと女は
虚空にうつるすずしげな眸を
　　濃いアイラインでむすんだ
おお　化粧するサラスヴァティー！
　　それから
　ハンドバッグからガラス玉の数珠をとり
　　だしほほえんだ

散乱し粧われた女の屍体に
　　茫々と草は生えるか？
天のはるかかなたで
　　いまも水はながれているか？

二人仏陀

解脱ということが願望となるのは、正午だ。(ショーペンハウエル)

おれはサトらなければならない
　　そうおもったとたん
おれはほとんどホトケだった
荒野のはずれにあるひらべったい家並を月がてらしだし
そこだけが立体的に見えた

そこは歓楽街だった
おしゃれな僧侶が毎晩のようにリムジン・バスでやって
きた
「瞑想は演出された死、勤行は演技」だ
フケツだわ　と
　　妻がつぶやいたわけでもないのに
セイケツはフケツの裏通りだ　とおれは言いかえした
おれがもうじきホトケになるということをどのように妻
にわからせようというのか！
しかし結局口論になり
フン　宗教書を一冊ぺらぺらめくっただけのくせに　と
　　妻が言ったわけでもないのに

サトるということはどんなにいいことだろう
　　そうおもったとたん
おれはすっかりホトケだった
どこからともなくきもちのよい風が吹いてきた　いや
こんなことになって
驚いているのはむしろおれのほうだ
見ると
　〈木かげ〉という商品名のルーム・クーラーをつけっぱなしにして
　　妻はすやすや眠っていた

そのおしゃれな僧侶はネオンのくらがりで　ホトケになったそうな

林のなかを
ホトケが二人
三々五々腕をくんで歩いてゆく

風の対話

夜を伝説に変える
　　それがこの島の罠だ
　　死にちかづくためのずるがしこい儀礼だ
あんたのモンは
あんたがかってに売りはらえばいいんだ
この太い幹を倒すことはもうおれにはできない
からだじゅう茶色の胞子をまぶして
　　海が　はらだたしく
　　とおくからせりあがってくる
錆だらけの光が野生のアジサイをぼんやり照らしだす
もうておくれだとおれはおもいたくない
あんたはいつだっておれにやさしかった
孤独で
うたがいぶかかった

波が木の実を奪おうとしているというのだ

ちっぽけな棺を一つ手に入れようというのだ
はらわたのにおいのするこの島で
キウリの花やルリ玉のような生まれたてのスイカを見る
　こともないというのだ
空という空に
蜘蛛の死体がまるで古い旋律のようにへばりついている
　というのだ
あのころは星がきれいだった
　枯葉に雨があふれそそいだ
　だれもが島だとしんじていた
　　祠でおれは一晩じゅう身をふるわせた
もどってきたともたどりついたともおもわなかった
おもしれェもんか！
　　　夜しかなかったから
　　手さぐりで夜を掘りおこした
　夜を　島の夜を　この島の夜をだぜ
　島を　この火の島をだぜ
ああ世界じゅうの島々よ　こう言うとちったァ気がかる
　くなる
ヤツめ！　フロ場の焚口と納屋のあいだにひそんでいる
　けはいだ
島の羞恥がこの胸にしみて
松を一本のこしておいた
　　一本の松をのこしたのはあんたかおれか
　　おれたちは一本の松か
　土くれとまじわることももうなかろうが
　おれたちが空にもどれなくなったのもたし
　　かなことだ
火口原がさかさまに
　霧の底で二重うつしになっている
このねじくれた幹を倒すことはもうおれにはできない
ちっぽけな棺を一つ手に入れるために
島を売りはらおうと言いつのるあんたは
　　　　　　ほんとに老いてさびしげだ
島の伝説だの
島の古謡だの

もうおれにはどうだっていいんだ
あんたのモンは
あんたがかってに売りはらえばいいんだ

（『アマテラス慕情　あるいは貝殻を吹く男』一九八三年思潮社刊）

詩集〈一日、サイギョウとアマゾンに遊ぶ〉から

一日、サイギョウとアマゾンに遊ぶ

たらちをのゆくへを我も知らぬかな

＊

中郡大磯町の文化史跡、鴫立庵を改修するための測量が十八日から始まり、まず現状の精巧な模型がつくられた。

陽をうけて
ココロナキミニ
ピンクは
ピンク
ピンクは
ピンク　ピンクは
ピンク　ピンクは
ピンク
ピンク

ピンク
ピンク
ピンク
ピンクの　ももいろの
アハレハ

＊＊
加宿東小磯村境往還南裏にあり、秋暮亭、或は東往舎——東往は、中興の庵主三千風の号なり、——と号す、三千風は勢州の人にて、其家富り、然るに其性深く仏門に帰依し、且風流を好み常に隠遁の志あり、遂に書を遺して出奔す、

きみに
ききたい
フウリュウヲコノミとはどういうことか？
イントンノココロザシとは？
ききたい
ききたい
浮かれ　浮かれて

松を独りにして
きみは身を捨てたか？　きみたち
サイギョウたち
ピンクの　ももいろの
戦乱よ
海に沈んだ男たちよ
ききたい
ききたい
きみは旅をしたか？
シギタツアンはたしかにここか？
この地を
きみは通りすぎただけではなかったか？
きみが通りすぎて
五百年たった
べつの男がここに来て
またべつの男たちがここに棲み
さらに三百年がたった
門前を流れるシギタツ川は右折して
沢になり

水は渚に消える
さびしい風景だ
庵は残雪にかたむいている
さびしい風景だ
薄い陽ざしが梅の枝に落ちて
なんというさびしい風景だ
いまも戦乱は熄むことなくつづき
サイギョウたちの
うたは潮風に吹かれている
なんというさびしい風景だ
なんという

＊＊

色紙一葉　西行の真蹟と伝ふれども全贋物と覚ゆ、
竹杖一本　是西行が遺物と云へど、信ずべからず、

このサイギョウはニセモノだ
このサイギョウはニセモノだ
このサイギョウはニセモノだ
このサイギョウはニセモノだ
このサイギョウはニセモノだ

このサイギョウはホンモノだ
このサイギョウはホンモノだ
このサイギョウはホンモノだ
このサイギョウはホンモノだ
このサイギョウはホンモノだ

おお
無数の！
サイギョウたち！
きみは
無数のサイギョウたちのうちの
ただ一人のサイギョウだ
きみは
竹杖一本をもつ

＊

江戸時代に建築されたものといわれる庵は、何回も補修をかさね、老朽化がひどく、雨もりもするため、管理にあたっている町は、一昨年改築準備委員会を設け、改築整備計画を練ってきた。

だんじて補修ではない
だんじて老朽化ではない
だんじて雨もりしない
だんじて管理することはできない
だんじて改築ではない
だんじて委員会ではない
だんじて
だんじて

＊＊

（三千風）後又京に入て西行の古像を得しかば、一宇の堂を建て是を安じ、沢見の西行と称して騒人詞客に乞ひ、詠吟居多を集しより、当国名所の一と称せられ、其名諸州に聞ゆ、

きみはシギタツサワを見る
無数のシギタツサワたちのうちの
ただ一つのシギタツサワだ
きみは
ピンクの　ももいろの
シギタツサワを見る
見る
見る
ピンクの　ももいろの
シギタツサワ！
を
見る！
きみは
一羽の水鳥がとびたつのを
見る
（そのときのきみの慌てようはどうだ
嘴と脚がながく
ぼってり脂肪ののったからだを

撃ち落すことも
きみはできたのに）
見た！
無数のシギたちのうちの
ただ一羽のシギだ
ピンクの　ももいろの
シギだ
シギ！
だ！
シギも旅をする
シギも旅をする
シギも旅をする
シギも旅をする
シギも旅をする
シギも

いまや
シギタツサハノトイヘル
スガタ

を
きみは
見ない
無数のシギタツサワたちのうちの
ただ一つのシギタツサワを
きみは
見ない　きみは
シギタツサワを
見ない
見ない
見ない！
おお
ピンクの　ももいろの
シギタツサワは空に消える！
シギタツサワは空に消える！
十二世紀の
サトウノリキヨの
ピンクの　ももいろの
ココロ

シギタツサワは！

ここにこうして立っていると
シギタツサワが海だということが
よくわかる
地つづきの小さな丘の上には
しゃれた白亜の大磯町保健センターが建っていて
制服の女子職員が陽なたぼっこしている
渚の上に架けられた海岸道路を
自動車が高速で駆けぬけてゆく
ここからは
シギタツサワが
おお
海だということが
きみが海だということが
きみが海
きみが海だということが
きみは海だ
きみは海だ

きみは海だ
きみは　海だ　きみは
海だ　き　み　は
う　み　だ
きみは
海
きみは海だ
きみは海だ
きみは海だ
きみは海だ
きみは海だ　きみは
モノオモフ——
ヒトヲシヅムルフチ
海
海
は
くらい

＊

委員会の計画では、現状の古風なたたずまいを壊さないでほしいという要望がつよいため、庵の外形を町の指定文化財として、そのまま復元することにし、屋根の葺きかえに必要なカヤを早急に確保する。空いている場所に乱立している句碑、墓碑は時代順にならべかえる。

だんじて古風なたたずまいではない
だんじて指定文化財ではない
だんじて復元しない
だんじて屋根を葺きかえない
だんじて句碑と墓碑を時代順にならべない
だんじて

だんじて

＊
鴨立川が家庭の雑排水流入で汚染がひどいので、この浄化対策も同時に進められる。

無数のサイギョウたちのうちの
ただ一人のサイギョウよ
シギタツ川は濁っている
濁っている
ピンクの　ももいろの
シギタツ川は　いまや
ドブだ
ドブだ
ドブだ
ドブだ
ドブだ　きみは
ドブ　ドブ川
きみのミモスソ川も
きみのこころに冴えわたるコロモ川も
いまや
ピンクの　ももいろの
ドブ　ドブ川だ
きみは
きみのドブ川に

捨てた春を
見る
見る！
シギタツ川を！
見よ！
いまや
ピンクの　ももいろの
シギタツ川は
濁流となって保健センターのまえをはしり
湘南自動車道路の高架の下をくぐり
相模灘に流れこむ
流れこむ
流れこむ
濁流
おお
はるかなるアマゾンよ
ピンクの　ももいろの
シギタツサワをうるおす
おおいなるアマゾン　きみは

流れこむ濁流
肌もあらわに
たたかう
弓をもつ女戦士
ピンクの　ももいろの
アマゾン　アマゾンたち
シギタツサワの空を
とびかう蝶たちのむれ
とびかう蝶たちのかがやき
ピンクの　ももいろの
翅のかがやきを
八百年たもちつづけるために
忘れたはずの乳房の
ママレモンとキッチンハイターは渦を巻いて流れ
おお
だんじて家庭の雑排水流入で汚染しない
だんじて
だんじて
ピンクの　ももいろの

無数のサイギョウたちのうちの
ただ一人のサイギョウは
いまや
シギタツサワに立つ！
シギタツサワに立つ！
おお
無数のアマゾンたちのうちの
ただ一人のアマゾンよ
きみは海　きみは
海だ　きみは
ピンク
ピンク
ピンク
ピンクの
ピンクの　ももいろの
海
シギタツサワに！
シギタツサワに！
立つ！

立つ！
立つ！
立つ！
ピンク
ピンクの
海　きみは
ピンクの
海　きみは
ピンクの海だ
きみはピンクの海だ
きみはピンクの海だ
きみはピンクの海だ
きみはピンクの海だ
きみはピンクの海だ　きみは
ピンクの　ももいろの
海
だ！　きみは！　き　み　は
ピ　ン　ク

ピ ン ク
ピ ン ク の　も も い ろ の
サイギョウは
いまや
ピンクの海
アマゾン
の
波にたゆたい
落陽を浴びて
ハンモックに眠り
ピンクのシギタツサワを
ピンクのシギタツサワを
くる日も　くる日も
くる日も　くる日も
海へ
海へ
空と水のかなたへ
空と水のかなたへ
空と水のかなたへ
空と水のかなたへ
空と水のかなたへ

アマゾンへ
アマゾンへ

＊昭和五十九年一月十九日付朝日新聞　神奈川　湘南版
＊＊新編相模国風土記稿巻之四十一　村里部　淘綾《ユルギ》郡巻之三

（『一日、サイギョウとアマゾンに遊ぶ』一九八五年思潮社刊）

詩集〈旅のおわり・旅〉から

ミシマ・ユキオ　アッピア街道に現わる

ああわが神われ昼よばはれども汝こたへ給はず
夜よばはれどもわれ平安《やすき》をえず　――詩篇――

サン・セバスティアーノ門は、古代ローマ市を繞る城壁を南に向って穿ち、アッピア門ともいわれるように、とおくアドリア海にまで達する旧アッピア街道に通じている。昨年十月、たまたまローマ滞在中のわたしは、ここにあるローマ城壁博物館（Museo delle Mura Romane）をおとずれた。「古代世界における地中海とオリエントとの交易路」という展示会があるときいたからである。

城門の内側すぐにある入口は、閉まっていた。しとしと雨が降っていて、わたしの後ろに、カラカラ帝のころは水道橋としてもちいられたローマ時代の凱旋門の残骸が、濡れしぼんで見えた。休館日かもしれなかった。その翌日も雨で、わたしのバスはたぶん午後二時ごろ着いたのだが、荒削りの古い木の扉には、十六時開館、と書きなぐられた紙きれが、ピンで刺されていた。

狭い階段をのぼると、小部屋に机をおいただけの受付があり、博物館員というよりは門番といったほうが似つかわしい屈強な若い男が、若い女と親密そうに話していた。女友達らしかった。さらに二、三段階段を上ると、そこは、厚い石積みの城門内部にある細長い空間で、まんなかに立てたパネルに、地図や、コインの写真、インドや中国の石窟の写真、壁画の模写などがはりつけられてあり、複製された帆船のレリーフや穀物車の模型などでようやく、この展示が、「世界食糧の日」（Giornata mondiale dell' alimentazione）の催しの一つらしいことをおもいだした。参観者はだれもいなかった。

アーチ形の窓から濡れた暗い空が見えていた。城壁に沿ってのびるポルタ・アルデアティーナ大通りに交差して、狭いアッピア街道はやや右方にまがり、樹樹のあいだに消えていた。そのさきは見えないが、八百メートルほど行くと、左手に小さなドミネ・クオ・ヴァディス教会があり、そこから道はほぼまっすぐにのびていて、サン・カリストのカタコンベをすぎてしばらくすると、サン・セバスティアーノ大聖堂に着く。城門から約二・五キロ南である。

肌寒さをかんじた。ふっと、人の気配がした。ふりかえると、ギョロリとした眼玉の小男がこっちを見ていた。ミシマ・ユキオだった。たくましい胸の筋肉は、黒いポロシャツの上からもよくわかった。はだけた襟もとから胸毛がのぞき、袖のさきで腕がもりあがっていた。

わたしたちはガブリエレ・ダヌンツィオについて、というより、もう二十年以上もまえにわたしがおとずれた、北イタリアのガルダ湖畔にあるダヌンツィオの山荘について、話した。実際は、初対面のわたしがひどく興奮してひとりで喋りまくるのに、「ウンウン」とか、「ソウデスカ」とか、かれはあいづちをうっていた。野外劇場もあるその山荘の広大な庭には、ムッソリーニの友人であるこの詩人にふさわしく、大砲とか、ほんものの軍艦があった。ダヌンツィオ自身が操縦した飛行機もあった。

そのとき、

——オレハドウケダ。とかれがひとりごとを言った。

——道化？　とききかえしたのには答えず、

——オレハドウケダ。とくりかえした。

——……

——ジダイサクゴノ。とかれは言った。

陰惨な光が、自恃と威厳にみちたかれの顔をてらしだした。

——カミガヒトトナッタアトデ、カミヘノギセイヲエンギスル

サイゴノドウケダ。

れいのうつろな高笑いをはじめて聞いた。

昂然と肩を張った。

＊

ローマ滞在もおわりにちかい一日、わたしはカンピドリオの丘の一角に立った。国事犯を突き落としたというタルペアの断崖のあたりが展望台になっていて、そこからは、マルチェッロ劇場の廃墟を背にして、三本だけのこっているアポロ神殿の石柱が、優雅なコリント式の柱頭に、浮き彫りのある破風の断片をのせて立っているのが望まれた。

たったいま、カピトリーノ博物館の一隅で、アポロ神殿の復元模型を見てきたばかりだったが、そのあたりには、古くはテーヴェレ河にそって、広いフラミニオ競技場があり、道をへだててオッターヴィア柱廊があった。オッターヴィア柱廊は、巾一一五メートル、奥行き一三五メートルの長方形の敷地に、二列の大理石柱をめぐらし、その中央にジュピターとユノの二つの神殿があった。図書館もあり、ローマ人はギリシア彫刻の立ち並ぶ歩廊を逍遥した。

わたしはフラミニオ競技場からもれてくる喚声に耳をすました。

マルチェッロ劇場の右に、シナゴーグのおもい鈍色の屋根が光っている。その一帯がゲットーになったのは、いつごろからであろうか。ユダヤ人は、対岸のトラステーヴェレにも住んでいた。河のなかのティベリーナ島を両岸と結ぶ二つの橋は、ここからは見えない。わたしはカンピドリオの丘をくだった。

シナゴーグの横を通るとき、ミシマ・ユキオがさまよっている、と聞いた。額のすぐ上にアポロ神殿の柱頭が見えた。どのようにして、かれはローマにたどりついたのか。オッターヴィア柱廊の崩れかけた破風の下をのぞくと、その奥に、魚市場のサンタンジェロ教会の壁が見えた。オッターヴィア柱廊通りをユダヤ広場のほうへ歩いていった。

四人のユダヤ人たちの胸像の下にある石板には
「孤児たちに施しを」と彫られている

四人のユダヤ人たちはアッピア街道をやってきた
Vattene!（行っちまえ！　おまえなんか）
女が犬を追い出した
衣料品店がシャッターをおろし
通りは森閑としずまりかえっている
サンタ・マリア・デル・ピアント教会の朽ちかけた扉を
　ふりかえり
チェンチ館の前に出たとき
噴水のかげにうずくまっている黒い影を見た

その日、ミシマ・ユキオは女装していた。というより、その日のミシマ・ユキオは女だった。スカートはつけていなかったが、踵の高い靴をはき、アイ・シャドーをぬり、爪を染めていた。ながい捲毛のかつらが、こっけいにもかなしげにも、かれを見せた。しかし、かれ自身は、ごく自然な態度で、それが、やがてわたしにも、自然に女にむかわせた。ギョロリと眼をむくと、

——オレハチカンダ。と言った。

　モウヒトリノオレニゾッコンダ。

そう言うと、かれは眼を見ひらいて、一点を凝視した。それから、もう一人のじぶんと会うことはけっしてないのだ、とつけくわえた。その声はかわいていた。その眼もかわいたあきらめをうかべていた。もう一人のかれと会うことがないとは、会えない、会うことができない、ということだろうか。もしそうだとしたら、そうしたのはだれか。かれか。あるいはかれ以外のだれかか。わたしはとっさにそう思ったが、同時に、そのもう一人のかれとは、サン・セバスティアーノ門の展示場で会った、あのミシマ・ユキオのことかもしれない、と考えていた。


フラミニオ競技場の、三層につくられた、厚い大理石の壁をもれてくる群衆の喚声を、わたしはたしかに聞いた。

＊

ダビデの星のある家をすぎ、マッテェィ広場へ行こうとして角をまがったとき、小さな本屋から出てくるハラリー博士に出会った。奇遇だった。きのうロンドンからローマに着いたのだという。髪に白いものがまじっている。

——イラが兵士になった。
——ほう。
イスラエルでは、女子も兵役に服する。
——もう十八歳だ。
イラは東京で生まれた。

サハリン島

島に近づくと
女たちははげしく泣いた
「船長が、小舎と納屋ふうの建物の、ごちゃごちゃと
むらがっているあたりにわたしの注意を向けさせ、あ
れがマウカですよ、と言った。*」
海にのぞむ斜面に墓地がある
防波堤のうちがわで若い男の遺体を掘っている
「ここマウカでは、コンブの採取がずっと以前から行
われている。」
浜はコンブだらけだ
カモメの泣き声がやかましい
港に大漁旗が林立している
「マウカには男女四十人の常住する日本の建物が三十
軒以上もあって、春になると日本からここへさらに三
百人ほどがくりこみ、当時このあたりの主要な労働力
をなしていたアイヌといっしょに働いていたという。」
赤毛の少年兵がプラウダのきれはしを舐めてタバコを巻
き　男にさしだした
男の兄は艦砲射撃で流れ弾にあたったらしい
よこなぐりに雪が降りかかった

チェーホフがこの島をおとずれてから十五年ほどたって
男の父親がライフルを持ってここに住みついた
それらまた四十年たって戦車がなだれをうって国境を越
えた
戦争たちのかじかんだ手
逃げまどう女たち
「ここの移住囚用地には三十八人が住んでおり、うち

男子三十三人、女子五人である。」
あけがた兵士は捕虜収容所を脱走した

兵士よ
眼じりの裂けた朝を待つな
兵士よ
にごった月　血だらけの切り株を見るな
兵士よ
うすめをあけている石を鉄の鋲で蹴とばすな
兵士よ
ひかる闇の背から眼をはなすな
兵士よ
狙撃するカラマツ林に近よるな
兵士よ
雲から雲に手渡されるメッセージは読むな
兵士よ
錆びついたレールに会いにゆくな
兵士よ
かたむいたトロッコの車輪にささやくな
兵士よ
スモモの茂みに倒れるな
兵士よ
キャベツ畑でまどろむな
兵士よ
よじれた風を呼ぶな
兵士よ
山頂の三角点から身をはなせ
兵士よ
ひとり
谷川のつめたい空を負ってゆけ

一九四六年二月くらやみにまぎれて漁船が海峡を渡った
「一八七七年、一八七八年、一八八五年、一八八七年、一八八八年、一八八九年に一、五〇一名の流刑・労役囚たちが脱走した。そのうち、捕われたり自発的に戻ってきた懲役囚は一、〇一〇名、死体となって発見されたり、追跡の際殺害された者四十名、杳として消息を絶った者四五一名である。」「脱走のとがで懲役囚に加えられる最も軽い刑罰は、革鞭四十と、労役期間の四年間延長であり、最も重いのは革鞭一〇〇、無期懲役、一輪車に三年間しばりつけること、受刑囚として二十年間の禁錮である。」

漁船は拿捕された

銀河が尾を引いて流れる
おおぞらで
兵士はのびのびとからだをのばし　うかんだ
星がつぎつぎとわき腹にぶつかってくる
クサリのついた足枷や手枷がいくつも流れていく
満天のスクリーンに
ヒゲのはえた独裁者たちの影が大写しになる
眼をこらして見入っているそばを
無数の光の矢が走る
スズヤ峠
貨車は難民でふくれあがっている
翌年の春のニシンは塩漬にされ　大陸に送られた

「銀鮭は、おさえがたい力をもって、文字どおり無数の大群を組みながら、流れにさからって上流に突っぱしり、山間の支流にまで達する。これがサハリンでは七月の末か八月上旬のことである。この時期に見られる魚の大群がどんなに大きいか、また、その進みぐあいがどんなに烈しくおどろくべきものであるかは、実際にこのめざましい現象を見た者でなければ、本当に理解できないほどである。」「これに劣らずみごとなのが、春、それもふつう四月後半、定期的に現われるニシンの移動である。ニシンは信じられぬほどの数で、大群をなして進む。ニシンの接近はいつでも、つぎのような特徴的な兆候でそれと知られる。すなわち、広範囲の海面にひろがる白い泡の帯、カモメとアホウドリの群れ、潮を吹きあげるクジラ、アシカの群れなどである。その光景のすばらしいこと！」
いまニシンは群来《くき》ることがない
カモメも海のほうを見ない
よりよき人たちの肖像が町角に
たよりを待ちわびる老婆と監視人がホテルのロビーにい

る
男は島にもどってきた
女たちは泣いている
引揚船の船艙であたらしい世界の説明をきいた
「サハリン人には実にはっきりと大陸の岸が見える。美しい山々の峰をいただき、霧にかすんだ帯のような土地が、毎日のように、自由と故郷を約束して、手まねき、流刑囚を誘惑しているのだ。」
海岸段丘は霧にかすんでいる
港にクレーンが林立している

遺体は凍土の下に横たわっていた
墓碑銘は朝鮮人が書いた
チェーホフと名づけられた町で
第一書記があついお茶とチョコレートをだした

＊括弧内の引用はすべて、チェーホフ『サハリン島』より

（『旅のおわり・旅』一九八七年思潮社刊）

詩集〈神々のバス・ターミナル〉から

ニッポン神統譜序説

――ハハのくにへ行きたくて泣くのだと
故意に
やつらは曲解した

きみからとおくにいる

祭具やざわめきや
はすっぱな叫びや
死者を
はこんだ

神たちも峠をくだり
やがて日も暮れつき
転生を夢みて

さまよった

なにかが生成し　消滅したのは
たしかだ
降りしきる呪言のなかで
祭壇を毀ち
わずかに
いま生きる葉脈に触れようとする

地上に
きみとともにあることを
拒絶する

扶余定林寺址

風は
陽ざしのあいまを吹きぬけて
行ってしまう

寺院は
あとかたもなく消えている
風は
たしかに
北の草原からも
南の海からも
吹いてきて
からだのなかをとおりぬけて
ずっととおくのほうへ
行ってしまう

微笑は
戦いのあと
消えたという
石仏に
石塔にも
微笑は
風のように
どこからか来て

どこかとおくのほうへ
行ってしまった

風のように
微笑は
どこへ行ったのか？
それが
知りたくて
ここに立っている

逃亡

イヅモを愛しているか？
ときかれたら
まるで自信がない
しかし

若葦を取るがごと　つかみひしぎて
投げはなちたまひしかば
すなはち逃げ去《い》にき——

こういう言い方には
それがヤマトからであろうと
ヤマトに屈服したイヅモからであろうと
むこうがわから
こっちがわを見ている
その視線をかんじる

あたまにくる
おれはイセを追われたイセツヒコと同一人物ではない
かれは海へ逃げた
いまはかれもこの地にいるらしいが
おれはイヅモにいたときも
いつも逃げだしたいとおもっていた
もともと
おれの名はオオクニヌシの系譜にはないのだ

シナノの国　スワの海

とらわれの身を
ねぼけまなこで
「民宿　みずべ荘」を出て
「みずべ公園」に立つ
山なみのかすむ対岸で
世界のセイコーが
ちくちく時をきざんでいる
ニューヨークのタイムズ・スクエアでも
ＳＥＩＫＯ
のイルミネーションがかがやいていた

モスコーの街頭で
“ｓｅｉｋｏ　ｓｅｉｋｏ”
と耳もとでささやかれたこともある
じつは
そのずっとまえ
ソ連の捕虜収容所を脱走したとき
ニッポンの軍隊から逃げているじぶんを実感した
では

おれがここを逃げだすときは
どうか

そのまえに
おれは
氷りついた湖面をわたり
女に会いにゆく

山の神

おれの父親は　シャケののぼる川をくだって　貧しい海
べの村にあらわれた　とおれは言った
娘がおどろいて　呪文をとなえた
　——あんたが見たがるから
　　あたしは尻をまくって
　　着物の裾をぱたぱたする＊

それでも

おれの父親は　突進した　とおれは言った
あたしの母親は　一束のヨモギと二十箇のニンニクを食って　けわしい岩山のふもとで　太陽を避け　百日のあいだ穴居した　とおまえは言った
あたしの母親は　それから人間の女になった　とおまえは言った

何日も何日も旅をした　とおれは言った
ミズバショウの咲く沼辺をすぎ　また何日も何日も旅をして　丸木舟で海をわたり　大きな島にたどりついた　とおれは言った

泳ぎはうまいほうだ　とおまえは言った
つよい海の流れをよこぎると　岩だらけの小さな島があった　またはげしい流れを泳いでゆくと　もっと小さな島があった　それから　大きな島にたどりついた　とおまえは言った

おれは　たくさんの土産を背負って　大きな島の　おまえの家の客になった
　——おまえのあたまうごかせうごかせ
　おまえのあたまうごかせうごかせ
　おまえのおしりうごかせうごかせ
　おまえのおしりうごかせうごかせ*
五弦琴《トンコリ》にあわせて
子供たちが踊った
　——男の衆が
　踊り踊れば
　オ・ラチンラチン
　女の衆が
　踊り踊れば
　オ・ハーサハサ*
あたたかい山あいで
男たちと女たちは踊った

おれはイヨマンテノヨルをうたった
おまえはアリランをうたった
おれたちはシシャモを腹いっぱい食った

おれたちは　人間が熊の子孫であることに　なんの疑い
　ももたなかった
おれたちはいま
天国で
たのしくくらしている

＊『知里真志保著作集』2

（『神々のバス・ターミナル』一九八九年思潮社刊）

詩集〈私本新古今和歌集〉から

あむすてるだむ

きみは言いたいのだろう
橋は
なくていいと

うたのなかに橋はあったし
いまもあるのだと

おかげで
流竄の帝王
ぬれぬずみ
さむい夜を待つ

――カザリマドニ
チカヅクナ

姫は
皎い月のひかりを敷いて
ひとり
寝ている

しちりあ

きみの夏は
蛇の詩をもっているか？
たおるみなの
ある暑い暑い日
水飲み場にやってきた金色の蛇の詩を
それから　いちぢく
女陰のように
かがやくばらいろに裂けるいちぢくの詩
はいびすかすと
さるびあ

花ならむろんあります
鳥も
山にかかる雲のなかでほととぎすが鳴いている
濡れたはなたちばなのすずしげなかおりを
風がさそい
いねむりしているむすめは
夢のなかでむかしのこいびとと会っている
尼さんになるよりはいいだろう
けむるえとなを背にして
てあとる・ぐれこの最上段に立つと
（古代ぎりしゃ人は地形選定の天才だ！）
糸杉のあいだに釣り舟が浮いている

ぱり春宵

かるちえらたんをゆくあしのふしのまのようにみじか
いいっしょうだものあのひとにあわないでしんでし
まっていいものかさきのことなんかあてにならないか

らこれがさいごおもいっきりたのしんじゃうあらせー
ぬがわよこんなにあなたがこいしいのはきっといつか
おあいしたことがあるからにちがいないわなみだのふ
ちならあるけどみなげしてひょうばんになったらどう
しようのーとるだむしてとうをゆくはなのちったそら
をなんとなくながめているとしとしとあめがふってき
てむなしいこのちずにはぽんぴどーせんたーがないき
ょうもまたぶすぶすいってんならいいわよあたしひと
りでもえちゃおっともうじきくれてしまうじぶんじし
んにきづきもしないでひとのよのあわれをかんじちゃ
うなんてつまらないことこれがむーらんるーじゅよう
んあのひとをまってるのずっとわすれてたんだけどゆ
めであえたからあんたぼうさんでしょかりのやどなん
かどこだっていいじゃない！おややっとあえたとおも
ったのにもうくものむこうにかくれてしまったわがい
せんもんとうぇるさゆーきゅうでんへはいかないまど
のすきまからかぜがぱじゃまのそでやまくらにはなの
かおりをはこんできてきもちのいいはるのよのゆめか
らさめた

さはりん島

だんだら落日
凍る針葉樹林帯
星づくよ
ふるさとにゆくひともがな
逃げまどう
ひと
ひとびと　ばかな
戦車　ばかな
すたーりんと国境　かけこむ
役者
しんだきむさん
たより待つ海峡たち
つげやらん
旅客機が波にただよっていると
しらぬやまじに　ばかな
高射砲ひとり
まどふと

おでっさにかえるあんとん
うくらいなからきたいわん
さまざまの
うつくしい
流刑

あまのがわをゆく
おりひめにあいにゆく

どなう
はるか
はんがりー平原をながる

もみじのはしを
あきかぜがわたる

張騫

うきぎにのり
孟津にいたる

銀河すてーしょんのあたりで
かむぱねるらとすれちがう
なんというあおさだ

二〇〇一年
さざなみにのって
宇宙船がゆく

黄河
青海をのぼる

あまのがわのゆうべは
すずしい

ばんこっく

あかつきの寺が
あかつきを待っている
まけおしみじゃないが
なんといっても
いまが人生の最良のとき
やがて
暁到りて
びしゃッ　びしゃッ
あかつきの声
ばしゃッ　ばしゃッ
金《こがね》の岸をうつ波の声
わっと・ぽーの鐘の音は
むかしきいたオノへの鐘の音ににている
長さ四十九メートルの涅槃
金箔をはりつめたまどろみ
ごくらくだ
ごくらくだが
ごくらくはまだはやい
いまはまだ
ふろーてぃんぐ・まーけっとの
みずみずしい野菜のあおさ
ばなな
ぱぱいや
歯をみがくむすめの
朝
浮き沈む
どんな来世がくるものやら
そんなこと
わかるもんですか

(『私本新古今和歌集』一九九一年思潮社刊)

詩集〈薄命のヨブ記〉から*

見知らぬ街を走った
ぼくはアクセルをつよく踏んだ
黒い建物の奥できみはぼくを待っていた

いま
おれはエンジンのない自動車のようなものだ
きみのいたみをおれは共有することができない
しかしあえてききたい
きみはきみのいたみが
神のあたえた試練だとおもうか？

「無知のことばをもって
神のはかりごとをくらくするこの者はだれか」（ヨブ記）

もし神のはかりごとを
みとめないとしたら

肉を失ったきみに
おれはどのように話しかけたらいいのか？
ことばが肉であるために
きみのいたみを共有するために

それで
ちょっとだけ
きみにこっちへ来てもらう
ヂゴクがどんなものか
きみは知ってるだろうが
おれはいまもってほとんど知らない
しかし
おれのいるここをヂゴクと呼ぶひともいて
もしそうならば
きみがここに姿を現わすと
ヂゴクはテンゴクでもあるわけで
そこのところを
ウィリアム・ブレイクはなにか言ってるらしい

ここはどこだろう
カローラはふらふら雲の上を走っている
道路などどこにもない
黒い星を避けている
しかし
サンズノカワはこっちだとか
レンゴクはあっちのほうだとか
ありもしない道路標識をさがすのだけはよそう
ぼくたちはいちどだって
きめられた日程をたどって旅をしたことなど
ないのだから
（略）
そこは
インドの中西部あたりの小都市だった
ぼくたちは地獄めぐりをしたのだった

　きみはだんだんうつくしくなった
きみはだんだんうつくしくなる

きみが食べたくて食べられなかったもの
さといもの煮っころがし　さばの塩焼き　ピッ
　ツァ　さくらんぼ
ハムサンド　かりんとう　コロッケ　お好み焼
　き　どんどんやき　くさもち

きみが肉を失ったことを
おれはみとめなければならない

ブレイクは
洗礼のときと結婚式と死んだ時の三度しか教会へ
　行かなかったそうだ

きみの地獄は
ぼくの地獄だ

「人には霊とはべつな肉体はなく、だから肉体と
呼ばれるものは五感で識別される霊の部分であり、

この世での霊のおもな入口である」（悪魔の声）
「馬車を走らせ死者の骨に埋もれたこの地を耕そう」（地獄の箴言）

小錦ガンバレ
またゆうぐれがきた

小錦は横綱になるかもしれないよ。

きょうカシマダというひとから花束がとどいた。
きれいな花束だ。

小錦ガンバレ

きのうテレビで俳優のクロサワトシオが癌宣言の記者会見をした。
S状結腸のポリープを切除したあたりに癌細胞の浸潤がみとめられたという。

かれは数珠をにぎりしめていた。
病院のきみにロザリオをとどけたのはいつだったか。

記者会見には友人だという医師も同席していた。
おれはいつかキトー医師と対決してやる。

真鶴はよかった。中川一政もよかった。こころづかい、ありがとう。海が凪いでいて、リュー君もご機嫌で、たのしかった。
写真送ります。
カトーヨシヒコ様

「FINAL EXIT」という本を注文した。

きみが肉を失っていることを
おれはみとめなければならない

兼六園からのかえり、

商店街を通り抜けようとして、
いくつになるぞ
念仏申さるべし
蓮如上人
と大書した立看板にぶつかった。
これにはまいった。

「生死すなはち涅槃とこころへて、生死とていとふべきもなく、涅槃として願ふべきもなし。このときはじめて生死をはなるる分あり。」（正法眼蔵）
「この生死は、すなはち仏の御いのちなり。」（正法眼蔵）

ぼくのことばが
死者としてのきみからしか発しないにしても
このことを声高に言うべきではない
なぜなら
いまわのきわのきみのことばが
生者としてのきみから発せられたのか
死者としてのきみから発せられたのか
だれにもわかるはずはないのだから

生者の声をきくことのできない耳に
死者の声がきこえるはずはない
すくなくともいまぼくは
きみのことばで生きている
きみのことばで死んでいる

きみがどんどんうつくしくなる

Enough! or Too much.（地獄の箴言）

この夜更け

街で

あれは
ぼくの叫びだ
あれは

セーシンの追悼ミサに行ってきた。
クラスメートのタケイさんとソエジマさんに
お会いした。きみのふるいアルバムから学
生時代の写真をはがしていったんだ。
それからコガシさん。きみにはナルセさんの
ほうがわかりいいだろう。
スガさんとはコーヒーを飲みながら話した。
かのじょの『ミラノ　霧の風景』をきみは
とうとう読むことができなかったが。

＊本詩集は一冊で一篇の長篇詩をなしており、本篇はそれを抄
録したものである。

（『薄明のヨブ記』一九九三年思潮社刊）

詩集〈トーキョー駅はどっちですか？〉から

コドク

コドクに出会ったことがある。
ぼくはスノーモービルに乗ってアスファルト道路を走っ
て行った。
橋の上に、
（その下を電車が通りすぎた。）
おっとせいやあざらしが寝そべっていた。
そのあいだを通り抜けようとして、
ぼくはあわててハンドルを切りブレーキを踏んだ。
かのじょは、
（いま辞書を繰ってみると、solitude, solitudine, Einsam-
keit――みんな女性形である。）
生きものたちのあいだに坐っていた。
ぼくのスノーモービルがかのじょのまえに止ったとき、
あざらしのあかんぼうがゆらゆらからだを揺すった。

ぼくはあっ、と叫んだ。
おっとせいがあざらしのあかんぼうを食べようとしてい
　るのだ。
と、コドクが
よこあいからあざらしのあかんぼうをつまみあげ、口の
　なかに放りこみ、
のみこんだ。
ぼくはまたあっ、と叫んだ。
こんどは、
かのじょは喉のおくに手を突っこみ、
あざらしのあかんぼうを引っぱりだした。
ぼくはかのじょにつめよった。
「きみはあざらしのあかんぼうを食べようとした！」
鉛の沈黙がぼくを圧しつぶそうとした。
「契約だから。」
かのじょの低い声がきこえた。
「なにを」、「だれと」、
と、ぼくはたたみかけた。
「契約したのか？」

かのじょは二度と口をきかなかった。
（コドクはどんなにさびしいことか！）
ぼくのからだがぶるぶるふるえた。
何日も何日も
ぼくは涙をながしつづけた。
かのじょはいまもおっとせいやあざらしといっしょに、
コンクリートの橋の上に坐っているはずだ。

くさぼうぼう

くさぼうぼう。
牛どんヨシノヤの角。
暮れつきたころあい、
もうなにも見えない。
ぶるる、
戦場がこいしい。
「元来、ハマダラカ属の蚊の寄生虫であったマラリアが、
いつのころからか、脊椎動物内寄生という生活を加えて、

その全生活史を構成した。」
ところで半世紀。
くさぼうぼう。
耐性がめっぽうつよくなって、
ニッシン電気のテレビも冷蔵庫もパソコンも、
高熱にうなされている。
それでも飢餓感はいっこうにおさまらない。
ぶるる、
ひとつ壮絶な戦いをしようじゃないか。
ハダシで仲通り商店街を行く。
シャッターのおりた生花オザワの軒下をホフク前進する。
「哺乳類、鳥類、爬虫類などに、
それぞれ固有のマラリアがある。」
ヤシの直撃から逃げおおせても、
ヒトはヒトをむさぼるマラリアである。
手足はスジっぽくてかたい。
わきばらのうえのあたりはどうか。
いまとなってはこれしかない。
もうなにも見えない。

ゼロ戦の死骸おおいつくし、
マラリアがマラリアに寄生する、
ワキタ精肉店の駐車場。
ぶるる、
くさぼうぼう。
夜空に、
餓島。

＊餓島はガダルカナル島。第二次世界大戦の激戦地。日本軍は飢えに苦しみ、マラリアに感染して壊滅的な打撃を受けた。

ありあわせの島

海の底のかたいベッドに
香水ふりまいた。
寝室の壁にはりつけた、
ありあわせの
空の、

醜悪さ。
風のない
雲のあいまに、
顔のぞかせる天女たちの
貸衣装。
暗黒の浜辺。
裸電球が
さあさ歳末大売り出し。
死とその影ひと揃い。
海と空。
いやむしろ、
海と空の存立かけて、
空のない海をおもうべきでなかろうか？
水平線のない海を。
空を、だから、
海を
見失ってしまった島を。
そのとき、

島は知るだろう。
空を失ったよろこびを。
失った空のかわりに、
おおいなる虚無と直接するよろこびを。
そのとき島は
海をふたたび見いだすだろう。
風も。

さいごのタケノコゴハンだ

つぎはぎだらけの家を壊す。壊すことがなによりも重要だ。このおれが。おれたちの家を。荷造りしろ！　一家離散だ！　つまり夜逃げだ。かりそめのフルサト、にせもののシャンハイとサハリンから。父と子のパレスチナから。むろんきみもいっしょだ。二人の娘はおきざりだ。それがさしあたりしあわせってことだ。家を壊すまえに郵便局へ行って、貯金をおろす。順番を待つあいだ、女たちの尻を眺める。夜逃げにも順番がある。なに？　ウエストミンスター・アベイでウィリアム・ブレイクの胸像を見るのを忘れた？　知るもんか！　離散《ディアスポラ》とはそんなもんだ。神との契約の地、つぎはぎだらけのカナンから郵便局へ！　きみのエルサレムとはなにか？　おれは国境で女の尻を見ている。郵便局は地上の難民の国家だ。仲通りの市場で食料を買いこむ。伊予柑一〇コ三八〇円。イワシ二五〇円。サバ五〇〇円。アスパラ五束五〇〇円。インゲン三〇〇円。トーフ一三〇円。いまのところ物価はマアマアだ。ものも豊富だ。アメリカ牛ステーキ六〇〇円。ベーコン一〇〇グラム二三〇円。あら！　おげんきでなにより。はあ。シャケの切身はつぎにする。まだ時間がないわけではない。復活祭ももうじきだ。路地のつきあたりのクラブ巡礼でひとやすみ。カワムラさんとノザワさんが口論している。ノザワさんはカイロの原理主義者。カワムラさんはロシアの失業者。タイ米はまずいとノザワさん、いやコシヒカリがうまいとカワムラさん、いちんちじゅうえんえんとくりかえす。ではききたい。一家離散は悲劇か？　ヨルダン川を忘れることが。神との契約の地をローマ軍に明けわたすことが。

さしあたり花見に出かけることにする。ヤマダくんは花見がすきだ。花見にベタベタする。花はとうに散ってしまったというのに。カワムラさんとノザワさんが道ばたに座りこんでサンドイッチをほおばっている。まだ口論している。ヤマダくんも議論とアジのヒモノが大好きだ。見たまえ。ヘッドライトが照らしだすのは枯木ばかりだ。花の解体が終ったことにだれも気づいていない。いまは木々も移動の時代だ。フルサトの、これが見おさめだ。みんな病んでいる。ヤマダくんはイカイヨーだ。ノザワさんはトーニョー病だ。カワムラさんはカンコーヘンとゼンリツセンヒダイだ。カワムラさんはカンラン山に小便をたれながす。それから、全員腕を突き出してシュプレヒコールをする。

すべてのタカノハナをディアスポラせよ！
すべてのナガシマをディアスポラせよ！
（いちだんと声はりあげて）
スベテノチチトコヲディアスポラセヨ！

おれたちはカンラン山の闇をくだる。居酒屋バビロンはにぎやかな宙づりの廃園だ。ずーっと酔っぱらっている。きみは酔っぱらいを理解する必要がある。カワムラさんが「錆びたナイフ」をうたっている。おれは「国境の町」をうたう。ノザワさんが泣いている。おれたちは捕われの身だ。音痴のヤマダくんはカナンに帰ると言いだす。受難者づらしたがるシオニスト。散る花のイメージにべったり貼りついている。フルサトに帰るなんて、時代錯誤もいいところだ。またおなじネブカドネザルの朝がくる。むしろおなじ境涯をよろこぶべきだ。さしあたりうたい、そして踊る。踊る酔っぱらいたちの輪を見ようとあとずさりして、おれは夜空に転げ落ちる。壁が崩れていたのだ。やっぱり！　それでも、おれは愕然とする。それでも、おれたちはうたい、そして踊りつづける。見たまえ。酔っぱらった難民たちで郵便局はごったがえしだ。ノザワさんもカワムラさんも、むろんおれもヤマダくんもいる。おれたちは宙づりの廃園にいるのだから、とうぜんだ。ノザワさんが実家に国際電話をかけている。おれは貯金の残高をおもいだす。カワムラさんは空港に直行する。ヤマダくんは、さしあたりハナダ家とナガシマ家のみなさんといっしょにここに残る。女たちの尻を眺めている時間はもうない。おれは伊予柑とイワシとサバとアスパラ五束、インゲン、トーフ、それからアメリカの牛肉とベーコンをリュックにつめて、サハリンのホルムスク港から密航船に乗る。復活祭の日、きみは波の上にガーデン・ブリッジを見ることだろう。娘たちのことは忘れた。もうすぐ出発だ。つぎなる契約の地へ！さいごのタケノコゴハンだ。

オーロラ幻視

きみが〈死すべきもの〉だとして

なぜ
天を
地から分けるのか？

避妊だの中絶だの
いやはや
いそがしい
そのうすい夜を

ギシギシ
天のきしむ音が
きこえないか?

どんな侵入者が
ヒヨドリのめをして
うごめく光の渦にひそんでいるか?

〈死すべきもの〉よ
崩れ落ちる祭壇だの迎撃ミサイルだの

いやはや
さわがしい
そのあおい地平に

あかんぼうが
笑みをうかべて
眠っている

(『トーキョー駅はどっちですか?』一九九五年思潮社刊)

詩集〈地上を旅する人々Ⅰ・Ⅱ〉から

68

いえをすてた　これが
このくにのしじんのならわしである
かりのすまいでねむる　ふん　これも
このくにのしじんのならわしである

69

アウシュヴィッツとヨブ記と
三島由紀夫とフラヴィウス・ヨセフスは
この家にのこしてゆく
天皇たちの肖像も

ゆくことがかえることだということ

その島へゆくには、
海峡をわたってゆく。
——かえるのだ。
と、あなたは言った。
ゆくことがかえることだという
どうどうめぐりに、
わたしは呪縛されている。

島へゆくからといって、
わたしが故郷をさがしているのだと
誤解されてはこまる。
(土への妄執がなにを生むか。)
空のきしむ音がきこえる。

ゆくことのうちがわは
かえることのそとがわだ。
うちとそとの境界を担って、

わたしは移動をはじめた。
——この旅はおもしろくなりそうだ。
と、あなたは言った。

（ことばの生まれるかなたへ。）
ゆくみちとかえるみちは
どこでまじわるか？

風よ　吹け

《The body is inside.》Thus Plotinus.*

死んだわたしを
生きているわたしが見ている

町ぜんたいが消えた
土ぼこりの道路はむかしのまま
電柱が朽ちてかたむいているあのあたり
わたしの生まれた家はあとかたもない

いらくさが地上いちめんをおおっている

小高い山の中腹に鳥居　麓に忠魂碑
台座の上の砲弾がいまもくもり空を見上げている
切り立った崖が海に落ちこんでいるのも
むかしのままだ
ニシン漁で沸いた砂浜に流れつく川の
木の橋もぜんぶ消えて
北に通ずるコンクリートの橋だけが
崩れかけてのこっている

築港に人影がみえる
魚を獲ってはいるらしい
谷あいの沖積地は地盤がゆるいので
わたしたちが町を捨てたあと
大陸からやってきた人々は南の丘陵地に住みついた
ここで生まれここで育った女性が
あたらしい町の町長さんだという

改築された鉄道の駅まできて
ふりかえると
無人のパルプ工場の煙突のあいだを
風が吹きぬけてゆく

「魂にとっての災いの始まりは、不遜であり、成長への衝動であり、最初の分裂であり、自分自身に帰属しようとする意志であった。そして魂はこのような自主専横を楽しみ、ますます利己的な衝動に身を委ね、これによって反対の道を進み、ますます下落しつつ、魂が生まれたところを忘れてしまった。」（プロティノス）

異郷で死んだわたしのゆくえを
いつまでも追う

「それはむかし父を奪われて、長く父から離れて育てられたために、もう自分自身も、自分の父も知らない子どもにも似ている。魂は神をも自分自身をも認識せず、自分の根源を誤認することによって、自分から品位をおとし、無縁のものをあがめ……　驚嘆の眼をもって無縁のものに愛着し……　このようにして魂はこの上なくむごく自分をもぎ離し、自分が背を向けたものを軽蔑した。」（プロティノス）

風よ　吹け
めぐりくる異郷に

＊エズラ・パウンド「詩篇第98」より。

（『地上を旅する人々Ⅰ・Ⅱ』二〇〇三年思潮社刊）

詩集〈饒舌な夜明け抄〉から

VENEZIA 2003

石を這う冷気
かたむいた壁の記憶　鉄格子の蒼白いうたたね

暗がりをさぐる
ああ腰が痛い　イタイ木のベッド

ここはどこか？
夜明けは来るのか？

タメイキの橋なら何度か渡ったさ

憐れみの路地のどんづまり
HOTEL BISANZIO からは海が見えない

——何をうろうろしてんの？
門番の老婆が怒鳴った
——扉を開けるのはあたしのしごとさ！

——アッチラが攻めてきたって？

——沈む大地のための？　最後の？

謝肉祭

サン・マルコ広場を死の仮面が埋めつくす

きむずかしい流謫の詩聖なら波のむこうだ

マイケル・ジャクソンが歩いてくる
プリンスとパリスを連れて

ここはネバーランド？
それともタイムズ・スクエアーの喧噪？

予告された死の祭典？
殉教？　聖者たちの？
ナンミンの？　越境？　それとも
テロリストたちの偽装？

見えすいた神聖ローマ帝国の野望
きみは　あたらしいヨーロッパ　だ

おや　デズデモーナだ

統領よ
妬きもちやきのオセローを
たったいまキプロス島から呼びもどせ！

元老院を召集せよ!!

ギンズバーグがエズラ・パウンドと話しこんでいる
サン・ミケーレ島をぬけだしてきたらしい

崩れだすカ・ドーロ

炎にまかれるパラッツォ・ドゥカーレ
トルコ人のしわざだ！

旗の波　PACE!　仮面の法王

見えない空　ゴンドラに揺られ

（雲の上をのぞきたがる詩行たち！）

迷彩をほどこし
さまよい歩く死人の群れ

もうすぐきみは　楽園を追放されるアダムとイヴを見るはずだ
泣きっ面の

ジパングのことが知りたけりゃ
ジェノヴァの牢獄へ行け

★　★　★

これが海か？

あふれ出た河か？　いや
昏い疣のような湿原を浮かべ　横たわる
不機嫌な沼地にはちがいない

侵入者の玉座に坐り　まずは記念撮影
——じつは　儲け話があるんだ

だれか　アスンタ教会のモザイク《最後の審判》について
その地獄について
説明してください

鐘楼に登る

とおくけむっているあのあたりがパドヴァ
むかし　ワイマールの詩人がブレンネル峠を越え
舟でブレンタ川を下り
このラグーナにやってきた

「ブッシュから最後のおくりもの　あと十日」

トルチェルロ島の汀に立つ

わたし　いま　グラウンド・ゼロ　です

やさしい神父さん　肉への断念は
神との約束？　信仰の証し？　……肉の死は

地上のできごと
飢餓も　ホロコーストも

デモクラシーも　（詩も）

わたし　いま　グラウンド・ゼロ　です

　やさしい神父さん　わたし

　　　　　　　　ひどい下痢でして

だから

ヴェネツィアよ　老いさらばえた異境の美少年よ

おまえといっしょには死なない

沈んでゆくラグーナの荒涼を

　　　　　　　　わたしを

《わたしの帝国》の滅亡を

　　　　　　　わたしは見つめつづけるだろう

まもなく

　　　わたしのなきがらがまたひとつ

アリタリア航空 AZ7790 便　で

　　　　　　　　極東に運ばれるだろう

　　　　　　　とおいほほえみをうかべ

ここはどこか？

　　　　夜明けは来るのか？

　　　　　酩酊？　老耄？　いつか水の嘆きは消え

　　　木々の暗いざわめき

　　　　　　　　風を聴く　草枕

　　　　　　風の痛みが

　　　　　　　　見えない

＊憐れみの路地　Calle della pietà

＊アッチラ　フン族の王。

＊きむずかしい流謫の詩聖　ラヴェンナにダンテの墓がある。
＊ネバーランド　マイケル・ジャクソンの広大な邸宅。
＊デズデモーナ　シェイクスピアー『オセロー』
＊ギンズバーグ　アレン・ギンズバーグ（一九二六－一九九七）はアメリカのビート派詩人。一九六六年、エズラ・パウンドとヴェネツィアで会った。エズラ・パウンド（一八八五－一九七二）は二十世紀アメリカ、最大の詩人。
＊サン・ミケーレ島　ヴェネツィアの墓地。パウンドが葬られている。
＊カ・ドーロ　ヴェネツィアでもっとも優雅な建造物。
＊パラッツォ・ドゥカーレ　ヴェネツィア共和国の政庁。統領の住居でもあった。
＊PACE　平和
＊楽園を追放されるアダムとイヴ　フィレンツェのサンタ・マリア・デル・カルミネ教会にあるフレスコ画。マサッチョ作。
＊ジェノヴァの牢獄　マルコ・ポーロが幽閉された。
＊ワイマールの詩人　ゲーテ『イタリア紀行』
＊ブッシュから…　L'ultima offerta di Bush, dieci giorni in più（コリエレ・デッラ・セーラ　二〇〇三年三月十二日）

（『饒舌な夜明け抄』二〇〇五年思潮社刊）

詩集〈夢幻のとき〉から

対話・死の町をゆく　エトルリアへの旅

——エトルリアへ行くんだ
——エッ？！　エトルラ……？
——墓をさがしに行くんだ
——エッ？！　（はだしでふるえてる）　オヤ　おでこにたんこぶが！
——自転車で転んだんだ　荷物をとりにもどった　忘れたんだ
——船は出てしまいましたよ
——ここはサルデーニャではないのか？
——エッ？　……ここは伊豆の大島ですよ
——ストロンボリが見えてる
——ミハラ山でしょ
——もうすぐエルバ島だ　さあ追いかけろ　おれたちのティレーニアの海だ

——（このじいさんボケてる）
——ポプローニアに着いたら　タルクィーニアへ行く　墓をさがしに
——夢を見てるんですか？
——D. H. ロレンスもいっしょだ
——？
——むかし　エトルリア人というのがいた
——どこに？
——死者の町には　豹の墓や　牝ライオンの墓や　軽業師の墓がある
——？　？
——いま紀元前五世紀だ
——？　？　？　……　？　……

ローマ　終着駅

——やあ　ひさしぶり
——……
——ピサ行きは八番ホームだ
——……
——つぎの停車駅はどこだっけ　デェイヴ
——……
——（デェイヴィッド・ハーバートという名をきらってるのは知ってるサ）
——（ふん　終着駅のつぎはきまってるってこと）
——Bさん　おはよう
——（こっちもしらんふり）

チェルヴェテリ

——この坂道を登った台地のうえに　城壁をめぐらしたカエレの町はあった
城壁の外を峡谷が走り　そのむこうに丘がつらなっている　エトルリア人はその丘に墓地をつくった
——丘につくられた死者の町の一つが　バンディタッチャのネクロポリだ
——さあ　墓に行こう　墓を探しに死の町に来たんだ
——きみはとうに死の町に立っている

——石段を降り　地下の狭い入口をくぐると　死者の家だ

夫婦の寝室のある墓

——たしかに家だ　太い角柱に縦縞が深く刻まれている
——つきあたり　三段の石段の上が夫婦の寝室
妻は盛装して　手には鏡　かたわらに櫛　化粧品を入れる銀の小箱やら
宝石壺などの副葬品もあったろう
すべてが盗掘された　ローマ人のしわざだ
——ところで　フリーダはどうしてる？
——（ふん　おおきなお世話だ！）

タルクィーニ家の墓

——ローマ初期の王を出したタルクイニ家の墓とおもっていたが　そうではないらしい
いくつもの石のベッドの壁に　読解不能のエトルリア文字が書きなぐられている
——ほほう

——土まんじゅうがあっちにもこっちにもある
凝灰岩の地盤を掘って石の塀をめぐらし　その上に土を盛った　まさに墓陵だ
大きいのも小さいのも　まるいのも四角いのもある
——大地の巨大な乳房が　いっせいに　天にむかって話しかけている

柱頭のある土まんじゅうと墓

——ここが控えの間だろう　梁を支える柱頭に植物模様
天井を　斜めの筋の列が交互に刻んでいる
——石の台の上に奴隷の骨壺を置いた　主室へ二つの入口

ちっちゃな家の墓

小屋掛けの墓

——ピクニックのテントのような

土まんじゅう（カシの樹のそばの）

——ううん　大きいな

色とりどりの土まんじゅう

——枯れ草におおわれて
——この「小広場」に三つの通りが合流する　「霊場大通り」と「青大将通り」と「額縁通り」
「青大将通り」は「棍棒の谷」に通じる

額縁のある土まんじゅう

——控室と奥の寝室との間に窓が二つ　ベッドが二つ向きあっている

浮き彫りのある墓　または　美しい墓

——墓は　死者の生活の場だ　柱の側面に　羊飼いの杖　ワインの壺　大杯　剣　ロープ
包丁　チーズ　焼き串　ひしゃく　三脚に載せた盆など
彩色された浮き彫りで飾られている
——つまり　エトルリア人の生前は　宝石もブドー酒も　狩りのあとのダンスも
そのまま　死後の日常とつながっていた
——奥壁の上の兜やよろい　円い楯やスネ当て　刀剣などの武具
家長のベッドの側面には　下半身が蛇の魔神と三つ頭のケルベロスなど
石の枕が二つ　足載せ台の上にスリッパ
——ううん
——この墓がつくられたのは　チェルヴェテリがローマに降伏したあとだ
ヘレニズムの時代に入っていた
——壁に沿っていくつものベッド　家族や召使の石棺は床にならべて置かれた
——（おしゃべりなやつだ）
——路傍で
四角い穴が　並んで暗い口をあけているのも　墓だ
——（見ればわかる）
——Bさん　あなたの言うとおり　これはまさしく　シヴァのリンガです

このちいさな石の家は　デェイヴの言うアーク　聖
櫃　子宮　女です
——インドには　いつ行きましたか？
——去年　二〇〇五年　つまりヘイセイ十七年の秋　コ
ルカタとヴェナレスへ
——どうでした？
——自動車であふれかえっていました　にんげんは歩く
ことを忘れています
まもなく　自動車がこの地球を滅ぼすでしょう
——インドは　にんげんもあふれています
——（いいやつ　らしい）

ギリシアの壺の（があった？）墓

——あなたはいつインドから帰りましたか？
——わたしも去年　一九二六年

楯と椅子のある土まんじゅう

——椅子に骨壺を置いた　骨壺のふたには　青銅製の死
者の頭像を飾った

椅子の上の壁に　まるい楯の浮き彫り

ライオンが描かれている墓

——（死が生の延長なら　逆に
生が死の延長だとはかんがえられないか？）

船の土まんじゅう

——おれたちは何度か会っている　タオスで　メキシコ
のオァハカでも
——……
——オァハカへはニュー・メキシコからバスで行った
あけがたのモンテ・アルバンはしずまりかえってい
た
——……

食堂のある墓

——（おれは　いま　まさに死者の家にいる　ここから
しか　世界は　宇宙も　見えてこない）

潮騒のきこえる墓

——シヴァのダンスは生そのもの　まさに宇宙のリズムです

タルクィーニア

——ダンテの時代にはコルネトと言った　低い胸壁の上から

ヴィテレスキ宮殿の重い扉が見える　いまは国立博物館になっている

——このカフェには　コーヒーを飲みになんどか来ました

——おや　これは奇遇だ　アルベルティーノ　あのときニホン人が三人

きみのホテルに泊まっていたはずだ

——（いまも十四歳らしい）

——いや　シナ人でした

——ニホン政府の命令で　海岸の製塩工場の検分に来ていた

——シナ人とニホン人はちがうと言ったろ？

——でも　ニホン人はシナ人です　小さな仏伊辞典をひっくりかえしては

えーと！　うーん！　p - p を見ろ！　うーん！

ecco!　pane!　ああわかった！

パーネだ！　つぎはブドー酒だ！　うーん！　ここだ！　vino!　ヴィーノだ！

おーい　パーネとヴィーノをくれ！

あなたも　シナ人ですか？

乙女の墓

——剝落がひどい

奥壁の中央に壁龕　その左右にギター奏者と二本笛奏者

寝椅子のある食卓に坐っている右壁の男は　酒杯を高く持ち上げている　女は

卵を持っている　卵は再生の象徴だ

——この墓の名は

左壁の二組の男女の間に立っている小さな召使女に
ちなんでいる

——ここからは　谷のむこうの斜面をへだてた丘の上
に　大昔のタルクィーニアが見える

いまは　寒空を　雨をふくんだ風が吹いている

牝ライオンの墓

——紀元前六世紀にさかのぼるこの墓が気に入っている

——すごい！　カスタネットを持って踊る女

——指の先まで踊ってる！

——金髪の男も裸で　酒壺を持って踊る

——青銅の大きな壺をはさんで　ギター奏者と二本笛奏
者

——左へ向かう踊り子の　さっそうとした手振り　暗赤
色と青のマント

先のとがった靴

——破風で　釣鐘の乳房を垂らして　赤い豹が睨みあっ
ている

——豹をライオンとまちがえた

——左右の壁にはそれぞれ　二人の男が　ゆったりと横
たわっている

狩りと漁りの墓

——暗い　奥の部屋がよく見えない　傷みもひどい　そ
れでも

——活気がつたわってくる

——魚が宙に舞っている　イルカが跳びはねる　飛ぶ鳥
を　投石器でねらっている

岩をよじのぼる若者　ダイビングするのびやかな肢
体

——へさきに眼のあるボートで網を打っている

——破風の三角壁でも宴会　中央に男女　男は卵と酒杯
を持っている

二本笛を吹く男　大壺から酒を酌む裸の従僕　環飾
りを編む女

——ここにはアリストテレスもキリストもいない

曲芸師の墓

——豪華な装身具をつけた赤い短衣の女曲芸師が　燭台を頭上にのせている

杖を持って床几に坐っている男が死者だ

——踊り子が腕を上げて跳びはねる

——若者も　裸の少年を連れた老人も　駆けつけてきた？

——尻をつきだして排泄している

鞭打ちの墓

——バクダッドのアブグレイブ刑務所の虐待をおもわせる

このときから二千五百年が経った

人間の未来に　希望など

持てっこない

第五五一三墓

豹の墓

——ここでも宴会だ　葉環をのせた黄色い髪の女二人は

ヘタイラ

——ニホンなら　遊女とか　おいらんとか

——男は卵を女に見せている　左手に大杯を持っている　死んだ男だ

——裸の奴隷が空の酒ビンをかざして　もっと飲むかときいている

——頭上で　豹が　小さな木をはさんで前肢を上げ　舌をだして睨みあっている

——右壁がいい　盃をかかえて手を上げる仲間に

二本笛を吹きながら大股に歩みよる若者は　サンダルを革紐でむすんでいる

もう一人が　後ろを振りむきながら七弦琴を弾く

——オリーブの林を行く

——左壁は　供物を持つ七人の青年の行列　これも葉っぱの環をかむっている

バッカスの祭司の墓

——つまり　どんちゃん騒ぎの墓？

——ライオンが鹿の尻に嚙みつく　その下で

踊りながら七弦琴をかき鳴らす
——屈強そうな鬚の男が　盃を持ち　長衣の女と踊りだす
女は若くて　イヤリングをつけている
——右も左も二本笛のメロディーに揺れる

牡牛の墓

——破風にいるのはキマイラだ　ライオンのたてがみのうしろに山羊の頭が見える
尻尾の先で口をあけている蛇を　牝のスフィンクスが翼を拡げて追ってくる
——その下に　ちょっとしたポルノがある
右は男と男　猛然と突きすすむ牛
左は男と女　もう一人の男（の背中に女はあおむけに乗っている　脚をひろげて）
こっちの牛はそっぽをむいてる　しらけた顔

オリンピック競技の墓

——トリノへは行かないのか？
——おれたちには毎日が祭りだ
——テレビでアイスダンスの演技を見て　よき時代のエトルリアを想いだしたぜ
——まあね

船の墓

——カルタゴと同盟していたエトルリアの海軍は　紀元前四七四年カンパニアのクマエ沖でギリシャの殖民都市シラクサ軍に破れた

鳥占い師の墓

——豹とライオンが山羊に嚙みついている下で
——男が向きあっている　かなしんでいる　赤い鳥一羽
——こっちでは　占い棒を持つ鬚の男　闘う裸のレスラー二人　その上に鳥が二羽
賞品は大きな深皿三枚
頭に袋を被せられ棍棒を持つ男の脚に　犬が嚙みついている
そばに仮面の男　犬の縄を持っている

——ローマの大競技場の残忍な見世物にくらべれば　せいぜい腕白小僧のいじめにすぎない
——おおっ　あっちで仮面の男が逃げだした
——エトルリア人はしょっちゅう占いをした
有名な「肝臓占い」がある　犠牲の動物の肝臓をとりだして　宇宙の構造を解読し
地上の異変を占った
——（ふん　またはじまった！）
——おーい　待ってくれ
——なんだおまえか　円盤をかかえて追いかけてきたのは
——まぶしいんだ　地下にとじこめられてたんだから
——トリノへつれてけと言っても　円盤投げはないぜ　いま冬だ
——寒いか？
——フットボールはどうだ？　来週の日曜日　ローマのスタディオ・オリンピコ
——それもいいな
——相手はリヴォルノだ

男爵の墓

——黒馬や赤馬がいる
二本笛を吹く金髪の少年を抱いて　鬚の男が盃を差し出し
死んだ女に別れを告げる

老人の墓

——入ってみてもしかたがない　白髪の老人が　死んだ妻と酒を飲んでいる
それだけだ

楯の墓

——ここが名門ウェルカ家の墓だ
これがウェリア・セイティティ　地下で咲きつづけるこのあでやかさ
うすものの衣装　豪華な装身具　冠帯　耳飾り　ネックレス　腕輪と指輪
かたわらの夫ラルト・ウェルカに卵を差し出してい

る
——その前にパンやブドー酒の載った食卓　その下に足台
小さな召使女が団扇をかかげている
——奥室には　一族の武勲を物語る多くの楯がならんでいる
——エトルリアは　ゆるやかな同盟を組む奴隷制都市国家群だったようだ
——ローマの野望は成就した

地獄の墓　または　鬼の墓

——ぞっとするような地下世界だ
——そのとおりだ
——鬼はどこだ？
——きみの頭上だ　大きな翼で飛んでいる　蛇の髪をもつ死神カルンだ
手にも　蛇と槌をもっている
——ここにもウェリアがいる
——地獄のモナ・リザだ　夫のアルント・ウェルカは剝落している
——おい　こっちだ
ここは　あとでつくられた墓室だ　通路にもなっている
——見ろ　オデュッセウスの長い槍が
ポリュフェーモスのたった一つの眼を刺しつらぬいている
——地獄が生の延長なら　墓で生きつづけることの悲惨を知るべきだ
すくなくともおれにとって　苦しみや痛みはこの世だけのことにしてもらいたい
そうだろ？　デェイヴィ
——……
——鬼はここにもいる　死神トゥクルカが挨拶している　鳥の顔　大きな翼
両手に蛇
——ハーデスだ！　狼の頭巾を被って玉座に座っている　蛇の髪のペルセフォネと
——役者はそろっている

——Ｂさん　生が苦なら　いよいよシャカの出番だ
——地獄がよみがえる？
——そうは言っていない
——極楽に行きたくなる？
——そうも言っていない

テュフォンの墓

——つまりは　化けものに天井を支えてもらうことになる
——（ケツァルコアトルは化けものではない?!）
——ぞっとするような地下世界だ
——初期エトルリアの魅力は完全に消え失せている
——強力な世界帝国が実現した
——そこへ救世主はやってくる
——帝国は帝国を生み　神が神を生む
——地獄への恐怖が神を生むように
天国の幻想が殺戮を生みつづける
——We've had enough!
——この地上は変わった

——いや　いまも地上は
変わっていない　どころか
神が人類を滅ぼすにちがいない　この考えは理屈に合っている
現実にも
——地球が老醜をさらけだした
——待ってくれ　老年を　きみは知らない
——……
——老いは　生でも死でもあるが
生でもなく　死でもない
——……
——きみのエトルリアも幻想だと言っている

——あす　おれたちはヴルチへ行く　「フランソワの墓」をさがしに
——むしろ「戦争と殺戮の墓」をさがしに　と言うべきだろう　ヴルチへは
モンタルト・ディ・カストロからバスが出る　いまごろ二輪馬車でもないだろう

——チヴィタヴェッキア始発　タルクィーニア九時五十分　つぎの駅だ　きみは？
——ヴィテルボへ行く　トゥスカーニア経由の直通バスがあるらしい
ヴルチからはヴォルテッラか？
——山の上だ
——ペンキの落書きが消えずに残ってるはずだ「ムッソリーニはつねに正しい！」と
——たぶんね
——とすると　おれたちは「戦後」を歩いている？
——ということになる
——とは　おれはおもわない　一九八六年ミハラ山が火を噴いた
——？　……
——ミヤケ島は　いまも不気味な煙を吐きつづけている
——？　？　……
——じゃ　また

＊エトルリア　イタリアのトスカーナ地方を中心に興亡した古代都市国家群。チェルヴェテリとタルクィーニアに広大な墳墓遺跡がある。
＊ポプローニア　ティレーニア海にのぞむ当時の鉱石精錬都市。幅九・六キロの海峡をへだてて鉄の豊富なエルバ島に面している。古名フフルナ。
＊D. H. ロレンス　D. H. Lawrence（一八八九－一九三〇）ここでは『エトルリア紀行』“Etruscan Places”（一九三二）に依った。ほかに『イタリアの薄明』『海とサルデーニヤ』などの旅行記がある。
＊B　Earl Brewster「インドからつい最近戻ってきたばかりのB」ロレンスに同行した。
＊カエレ　チェルヴェテリの古名。
＊フリーダ　ロレンスの妻。
＊ケルベロス　地獄の番犬。
＊リンガ　男根。
＊アーク　棺。櫃。（ノアの）箱舟。
＊タオス　ニュー・メキシコ州サンタフェ近郊の町。ロレンスの墓がある。
＊オァハカ　メキシコ南東部の都市。ここで、ロレンスは『翼ある蛇』を書いた。
＊モンテ・アルバン　オァハカ郊外の丘陵上にあるサポテカ文化の中心地。神殿跡や、壁面で飾られ、多くの副葬品を伴った

地下石室墓が知られる。
＊アルベルティーノ　『エトルリア紀行』にでてくるホテル・マネージャー。
＊ ecco!　そら！
＊パーネとヴィーノ　パンとブドー酒。
＊キマイラ　ライオンの頭、山羊の胴、蛇の尾を持つ怪物。
＊クマエ　ナポリに近い古代ギリシアの殖民都市。現代のクーマ。
＊リヴォルノ　リグーリア海にのぞむトスカーナ州の都市。
＊ポリュフェーモス　一眼の巨人族キュクロープスたちの一人。ホメーロス『オデュッセイア』。
＊ハーデス　地獄の王。ペルセフォネは王妃。
＊テュフォン　墓室の中央を支える角柱の二面に描かれている、人と獣との混合体である巨大な怪物。頭は星にとどき、手は、一方は西に、他方は東にとどく。毒蛇がとぐろを巻いた脚をもち、背中に翼が生え、眼から火を放つ。キマイラの父。
＊ケツァルコアトル　古代メソアメリカで最も重要な神の一つ。羽毛のある蛇や双子の明星神として表わされる。ロレンス『翼ある蛇』。
＊ We've had enough!　もうたくさんだ！
＊フランソワの墓　ギリシア神話とトロイア戦争の殺戮やエトルリア人同士の戦闘の壁画は、大部分がローマにある。模写図はコペンハーゲンにある。ヴルチは紀元前二八〇年ローマに征服された。
＊「ムッソリーニはつねに正しい！」"Mussolini ha sempre ragione!"　一九二七年にロレンスがヴォルテッラを訪れたとき、市中で見かけたペンキ書きのスローガン。

（『夢幻のとき』二〇〇六年思潮社刊）

詩集〈砂漠の論理〉から

コメディー　砂漠の論理（つづき）

――〈詩と散文〉という二分法は　ここでは成立しない
はてしない拡がりがあるだけだから

砂漠に国境はない

砲撃は
山のほうから？　それとも
海から？

砂漠に国境はない
風が
一夜にして吹き消してしまう

見わたすかぎり
海にしてしまう

船は波にもてあそばれ
たちまち針路を見失ってしまう

タオルミナの浜辺で
一つ目の巨人が空を見上げていた

イチタローの孤独も
ナツのほほえみも
波に浮かんでは消えた
――ソウヤ海峡だ！　わたしはうめいた
――メッシナ海峡だ　あいつはつぶやいた

セイレーンのうたごえはきこえないふり
対岸の流刑地に人影

　波に　花が散る
オヤ

　無数の聖母が天に昇ってゆく

地上で
人々は逃げまどい　海にたどりついた
どこへゆけばいいのか
船は現われず
流氷がゆくえを決めあぐんでいる
銃を手に　異国の兵士が女を連れ去った
星が北の空を切り裂いた
ティレーニアが荒れている
国境があるって？　マグロたちに？
サルデーニャはまださきだ
砂漠に浮かぶ蜃気楼の海を
のこされた死者たちのおもかげを背負って
人々は黙々と歩いた

——リシリフジだ！　わたしはふりかえった
——いや　ヴェスヴィオだ　あいつは眼を伏せた

あけがた
女がもどってきたのを
脱走捕虜は見た
老いたベルベル人の傭兵も見た

いと易し　アウェルヌスへの降り道は
——アエネーイス——

アクロポリスから　とおい潮路のきらめきを望む
白砂を馬車が走ってゆく
イスキアの青い島影が見える
「聖なる道」を降り
アポロ神殿の廃墟にさしかかったとき
シヴィルラは現われた

　聖なるガイドには従わねばなるまい
　わたしはことばの盗っ人だ

洞窟の闇で

堅琴を弾いた
闇は百の闇に　はてしなく通じている

クレータ島をのがれたダイダロスが
北極からクーマの峰に降り立ち
アポロに翼を献納して
この迷宮をつくったという

地下への入口では
「嘆き」と「憂悶」と「病い」と「老年」と「恐怖」と
「窮乏」と「飢餓」と「腹の黒い喜び」と
「戦争」が
「復讐の女神の鉄のねや」に棲みついている
「蛇の髪を血染めのもとゆいで結んで」

　　ことばも
　「もとのすがたの　うつろな影」にすぎない

アケロン川だ

川守のカロンが　ボロを着て
ありがねおいてけと言う
「帰ることのない道」に
亡者の群れが押しよせる
暗いみぎわまで
首を折る水草
順番を待つ亡者たちをかきわけて
やってくる男たちは
武装したアレキサンダー大王　とリュシマコスだ！

——田谷の洞窟に行ったことがある　とあいつは言った
——あそこは生者の煩悩にみちている　同じことだが
　　とわたしは言った

プロセルピナへの土産を忘れるな！
アポロの巫女が叫んだ

こころやさしい女たちよ

こんどは　ケルベルスだ
蛇の毛をそばだたせ
巨大な体で地下への門を塞いでいる
三つの喉から赤い舌をだして吠えたてるのを
シヴィルラが眠り団子で眠らせた
門を入ると
母親から引き裂かれ　泣き叫ぶ死児
となりが
エンマ大王のミノスが死者を糾問する法廷
　　罪もないのにみずから命を絶った者たちのあいだに
　　ハンニバルがいるのは　おかしい

エニシダの森にかこまれて〝悲しみの野〟がひろがる
ヨモツヒラサカで
わたしはまた竪琴を弾いた
おお
悲嘆に暮れる
わたしのディドーたち！

ナツが涙を流している
ナツは　わたしのために働きづくめで倒れた
アキは眼をとじ　よこを向いた
アキはわたしのために病んで死んだ
ハルとフユは　砂漠で
いまもゆくえ不明だ
ゆるしてくれ　わたしはつぶやいた
むごたらしい戦争が
おれたちを崖っぷちに駆り立て
いつわりの平和が
戦後という袋小路におれたちを追い込んだ
閉ざされた薄明のなかで
おれたちは右往左往し
幾重もの帳を破ろうとして　むなしく闇に突きすすんだ
なんという生涯！
ひとすじの光を見ることなく
おれたちは老いた
ゆるしてくれ
おれたちの闇がどんなに深かったか！

深いか
いまも！

ぐずぐずするな！
シヴィルラがせかす

ふりむいてもいいのよ　ナツが涙にほほえみをうかべて
　叫んだ
　　なんというおおらかなたましい！
潮騒がきこえるくらがりに
アキは消えた
ナツも消えた

プルートーの城門が見えている
トロイの英雄たちにも　地獄のありさまにも
わたしの興味は
ない

イチタローを背負って

父よ
わたしはあなたを背負って
炎とたたかうことをしませんでした
とおい潮のなげきが
北の海からとどく

父よ
あなたの生涯は
じつに　じつに
戦争に次ぐ戦争でした
砲火とともに
島から島へ
海を渡り　海峡を過ぎ

戦火に追われ
島から島へ
また海峡を過ぎ　また海を渡り
仆れ……

父よ
わたしはあなたを背負って
炎とたたかうことをしませんでした

いま　あなたは
ディアナの森にいます
千年を経て地上によみがえる霊たちのために
　　あのおぞましい　窓のない牢獄に
　　また閉じこめられるために！

息子よ　とイチタローは言った
にんげんのうちには
宇宙の火が燃えている

ナツもまもなくここにくるという
いつわりの国境の町を棄て

父よ
わたしは　生涯あなたを背負います　とわたしは言った
息子よ
おまえは戦わねばならない　とイチタローは言った
おまえには　崇高な使命がある　とイチタローは言った

谷あいを　ほそいせせらぎが落ちた
三蔵法師が
ひとり木陰に佇んでいた

水の復讐

うずくまるアヴェルノ
「鳥なき地」で　湖も無言だ
ここでも
アポロ神殿の死骸が泥土に埋もれている
幾千年にわたる地殻変動の波にさらされ
うごきまわる
フレグレイ火山原
噴煙にむせぶ　ソルファターラ

草むらに蛇がいます
シヴィルラがささやいた
　　カロンだ！

おお
見よ！
閉ざされた水に浮かび上がる女たち

わたしは呻いた
ハルの胸を矢が貫いている
わたしが放った矢だ！
わたしはわたしの眼を疑った
いまもハルの胸に……
　　ことばを失う
　　……いまも……

ナツがうれしそうに羽ばたいた
アキはそっぽをむいたまま

フユは藻をついばんでいる

ハルはうつむいて痛みに耐える
　　ダッタンの海の氷原で育ったわたしには
　　ハルのいろどりのはなやぎが
　　めまぐるしく　うとましかった

そう　水の復讐はとうにはじまっている

沈む火口湖のさざなみに
いまも
水鳥たちは浮かんでいる
いまも
バイアの遺跡は
海に沈んでいる
やがて
大津波が襲いかかり
コンロンの氷河が解け　凍土が腐り
　　……沈む砂漠

　　わたしは水鳥たちを愛している

わたしはホラ吹きのトリトーンだ
ミセーノの海にラッパ手を投げこんだのは
このわたしだ
殺戮をそそのかす旋律は
もう要らない

――散在ヶ池でフユを見かけた　とあいつは言った
――フユは死んだよ　たったいま会ったばかりだ　とわ
　　たしは言った
　　あれはちっぽけな溜め池にすぎない

暮れてゆく水の墓地　やがて
樫の堅い痩身が夜を突き刺し
とぎすまされる月の影
わたしは永遠の闇に棲むキムメリオス人である
夜半　ひそかに湖面に浮かび上り
岸の繁みにかくれ
ただよう靄を身にまとってまわりを見わたす

ここは冥王星である

星たちが眼のまえを流れていった
わたしは闇に見入った
裸のサクラが立ちつくしている
フジは見えない
潮騒がきこえる
老いたベルベル人の傭兵は闇をおそれない
永遠の処女のかんだかい笑いごえ
はてしない宇宙のさざめきに埋もれて
砂漠を行く
イチタローが手を振っている
ほう
きょうはアレキサンダー大王もいっしょだ
わたしはおどろいた

　　うまがあうらしい

　まるで父子のように見える

わたしは涙ぐんだ

水鳥たちの姿が湖から消えたのを知ったのは
ずっとあとになってからだ
北の空にむかって飛んでいったそうだ

——冥王星へ行くつもりだ　とわたしは言った
——氷のかたまりだ　とあいつは言った
凍りついた砂漠の闇を　わたしはおそれない
——プルートーと戦う　とわたしは言った
——プルートーと戦って冥界の王になる
——なにを食う？　とあいつは言った
——氷を食う　とわたしは言った

水はカロンにある
インターネットでしらべてみると
冥王星は太陽系の九番目の惑星でなくなったらしいが
カロンが冥王星の衛星であることにかわりはない

太陽系を脱出する！　とわたしは叫んだ
わたしの回転面は　ほんのすこし海王星らとずれている
　から
いつでも太陽系を脱出することができる
宇宙の一粒の火になる!!
闇がいちだんと濃くなった

——オレはここにのこる　とあいつは言った
闇がまたいちだんと濃くなった

——じゃ　また　とわたしは言った
あいつは消えた

きょうも
凍りついたアケロン川を渡る
カロンと

わたしには崇高な使命がある

[その後]

＊あれからずっとあと、
わたしと「あいつ」は合体し、はるかとおくの銀河系に浮かぶかすかな黒点になった。
＊シヴィルラのこと。
シヴィルラは、片手に握れる砂粒だけの寿命をアポロからもらったが、青春をもらうのをわすれたので、年とともに枯れしぼみ、セミのように小さくなり、鳥カゴに入れられ、子供たちに「シヴィルラよ、なにが欲しいか？」ときかれて、「死にたい」と答えたという。

[ノート]

＊一つ目の巨人　ギリシア神話のキュクロープス。
＊セイレーン　上半身は女で下半身は鳥の海の怪物。死者を冥界に送る歌い手。
＊流刑地　メッシナ海峡の対岸カラブリアや、サハリンも、もと流刑地。

＊アウェルヌス　アヴェルノ湖。ナポリに近い死火山の火口湖。毒気が立ちのぼり、上を飛ぶ鳥を殺すというので、「鳥のない」というギリシア語から名づけられた。湖底はクーマの洞窟と通ずる冥府。
＊シヴィルラ　アポロ神の巫女。
＊竪琴を弾いた　ギリシア神話のオルフェウスからの連想。
＊ダイダロス　「巧みな工人」の意。クレータ王ミノスのために迷宮ラビリントスを建てた後、ミノスの怒りを買って迷宮に閉じこめられたが、翼を作って脱出、子供のイカロスは高く飛びすぎて太陽の熱で膠が溶け、海に墜落した。
＊「嘆き」と「憂悶」と…　以下、『アエネーイス』第六巻からの引用。
＊田谷の洞窟　横浜市戸塚区にある真言宗定泉寺の瑜伽洞。
＊プロセルピナ　死者の王プルートーの后。
＊ケルベルス　冥府の番犬。三頭で尾が蛇、頸のまわりに無数の蛇の頭が生えている。
＊ミノス　クレータ王。冥府の判官。
＊ヨモツヒラサカ　現世と黄泉との境にある坂。(『古事記』上巻)
＊ふりむいてもいいのよ　オルフェウス神話と『古事記』からの連想。
＊わたしはあなたを背負って　アエネアースは、父アンキセー

スを背負ってトロイを脱出した。

*ディアナ　森と月と冥府の神。

*窓のない牢獄　肉体のこと。

*フレグレイ火山原　ナポリ西方からティレーニア海におよぶ火山原。二万年前の噴火でできた硫気孔が散在し、温泉も湧き出る。

*ソルファターラ　ナポリ西方の港町ポッツォリ近郊の硫気孔地帯。硫黄と高温蒸気が噴き出している。

*ハルの胸を矢が…　イタリアからもどって、写真をプリントアウトしてはじめて気づき、真実、驚いたのだった。

*バイア　ポッツォリ湾西端の古代都市。

*トリトーン　海神ポセイドンの息子。半人半魚の姿でほら貝を吹き、海を鎮める。アエネアースのラッパ手ミセーノが、どの神よりもラッパがうまいと自慢したので、怒って海に突き落とし、溺死させた。ラッパ手は、アエネアースによってミセーノ山の麓に葬られた。

*散在ヶ池　鎌倉市今泉地区にある人工池。

*キムメリオス人「世界の西の果て、永遠の闇の国に住む」（ホメロス）アヴェルノ湖にも住むとされる。以下四行、現代イタリアの哲学者エルネスト・グラッシ著『空想の力』所収「メタファーとアレゴリー」より。

*永遠の処女　シヴィルラ。

*いつでも太陽系を…　冥王星が海王星の軌道内にいるときもうまくいくだろうか？　太陽系からの追跡はありうるか？

*シヴィルラは…　『ギリシア・ローマ神話辞典』より。

（『砂漠の論理』二〇〇八年思潮社刊）

詩集〈島影（しまかげ）〉から

島影（しまかげ）Ⅰ

ココハ　流刑地デアル
流刑地ハ　島ニキマッテル
　　トコロガ　ココハ島デナイ
　　　島デナイノニ
　　　　島流シニナッテル

ココハ
椿咲ク流刑地　伊豆ノ大島デアル

　オレ　役ノ行者デアル
　　　くさやノ干物ヲ食ライ
　　三原山ノ御神火ヲカシコミ
　　　黒潮ノホトリ
　　　　フージン洞ノクラガリニ眠ル

オレ　夜ナ夜ナ
　　島抜ケヲスル
　　雲ニ乗ッテ天ヲ駆ケ
　　　　鉄ノ高下駄デフジ山ニ登ル
　　トキニ
　　　遠ク北ノ星タチト遊ブ

ココハ
韃靼海ニノゾム流刑地　サハリン島デアル
　オレ　島デ育ッタ
　　　生マレナガラノ流人デアル

　　ユウグレ
　　　鼻メガネノアントンガヤッテキテ

　　　ムカシバナシニハナガサク

　　　故郷トマリノニシン漁

吹雪クホルムスクノ港ヲノゾム
海岸段丘ノツラナリ

オモイデハツキルコトガナイ

ココハ　流刑地デアル
流刑地ハ　島ニキマッテル
トコロガ　ココハ島デナイ
島デナイノニ
島流シニナッテル

［ノート］
＊役《えん》ノ行者　文武三年（六九九年）伊豆大島に流された。修験道の開祖。『続日本紀』『日本霊異記』『扶桑略記』
＊フージン洞　風塵洞。風神洞。
＊島抜ケ　島流しの罪人が、その島をひそかに抜け出ること。（広辞苑）
＊韃靼海　間宮海峡の旧称。（広辞苑）
＊アントン　アントン・チェーホフ。作家。医師。一八九〇年、モスクワからシベリア経由でサハリン島に渡り、流刑囚の調査にあたった。『サハリン島』
＊トマリ　旧樺太泊居（トマリオル）町。
＊ホルムスク　旧樺太真岡（マオカ）町。

島影（しまかげ）Ⅱ

島影を生きている
島は存在しない
アルゲーロの港に
太陽が落ちてゆく

怖がることはない
影に逃げこんだわたしを
だれも捕えることができない
会堂を埋めつくしている
喪服の女たちは

わたしに気づいている
怖がることはない
わたしは影であるから
オルゴーソロの坂道を
老婆が登って行く
水甕を頭に載せ
そう　この世
昼があり　夜がある
愉しもうぜ
アトランティスの一夜
わたしは
「島を愛した男」である
わたしを
潮が流れている

［ノート］
＊アルゲーロ　サルデーニャ島西北岸の港町。
＊オルゴーソロ　サルデーニャ島内陸部の村。
＊アトランティス　伝説上の楽土。ジブラルタル海峡の外側にあったが、神罰により一日一夜のうちに海底に没したという。（広辞苑）
プラトン『クリティアス』
＊「島を愛した男」 D.H.LAWRENCE "The Man Who Loved Islands"

島影（しまかげ）Ⅲ

キタマエブネナ日々

旅立った
わたしは
どこにもいない

ここは旅先である

帆を立てて仲通りをゆくわたし　二十四歳

（きのう　チェーホフがサハリンから

ホンコン経由オデッサにもどっていった）

（あれから…）
戦争　また戦争
勝ったぜ　バルチック艦隊撃沈
行こうぜ
テッポー持って
かの島へ
暴走するキタマエブネ
琵琶かき鳴らす弁天さん
つむじ風ひっつかみ
（江ノ島はもう見えない）

南へ　西へ
右往左往するインフルエンザ
（ブタめ！）
日本海　荒れて
吹きすさぶ不況の風

バナナ投げ売り
ケンタッキー投げ売り
トラットリア『青の洞窟』
店じまい？
サッポロラーメンを食い
キリタンポを食い

戦争　また戦争
勝ったぜ　南京大虐殺　真珠湾

ほほう!?
敗走するキタマエブネ
方角を見失い
あわてふためく三角波
死をはらむ風
うなだれる帆
島影に佇む
わたしは難破船である

（あれは　シチリア）

クロマグロを食い
ボッタルガを食い

ティレーニアの海　荒れて

迷走するキタマエブネ
カシオ川？　ノオ！　テベレ川
のほとり

宙をさまよう　シエスタの夢

津軽ジョンガラ節をうたい
江差追分をうたい
おお　オホーツクのたそがれよ
マミヤ海峡の落日よ

（破れた帆を繕うわたしの影）

あらしだ

アルバーノの丘でゆきだおれ
ネミ湖　けむり
二千年
湖底に埋もれて眠るわたし
涙ぐむ
フラスカーティの酒ぐら

テベレ川？　ノオ！　カシオ川
のほとり

トスカの悲鳴がきこえてくるころあい

ローマからメールがとどいた：

旅行は、とりやめにしたほうがよいと思います。ラツィオとカンパーニヤ地方、それにマルケも、インフルエンザが蔓延し、病院はどこも患者でいっぱいだとテレビが言っています。新型ワクチンの接種は、若者や重症の患者にしか行きわたらないようです。そのうち、旅行に快適な日がくるでしょう。チャオ！

深夜
　　モノレール終着駅

　　　　エゾ地に流れ着いたわたし　一三六歳

　　観音さんがほほえんでいる

［ノート］
＊キタマエブネ　北前船。中世末から明治前期まで日本海海運に用いた廻船の上方での呼び名。
＊チェーホフ　アントン・チェーホフ『サハリン島』
＊バルチック艦隊撃沈　日露戦争の日本海海戦。
＊弁天さん　弁財天。北前船は弁財船型。
＊ボッタルガ　からすみ
＊カシオ川　柏尾川。東海道線大船駅付近を流れる川。
＊テベレ川　ローマ市街を流れる川。
＊シエスタ　昼寝。
＊アルバーノの丘　ローマ近郊の丘陵。アルバーノ湖とネミ湖を囲む風光明媚の地。
＊湖底に埋もれて　一九二九～三一年、ローマ皇帝カリギュラによって建造された二隻の船がネミ湖から引き上げられた。
＊フラスカーティ　庭園と白ワインで有名。
＊トスカ　歌劇。プッチーニ作曲。
＊観音さん　大船駅近くの高台にある観音像。

（『島影』二〇一〇年思潮社刊）

詩集〈転位論〉から

フラミニア街道を行く

メタウロが
　曲がりくねっている

　わたしは
　　カルタゴの武将ハシュドゥルバルである
　　　　象を先頭に
　　　　　　　　アルプスを越えてきた
　ここ　ローマ軍と対峙するメタウロの北岸
　　ネロの率いる一軍がわが右翼を衝き
　　　　さらに　背後から襲いかかるとは
　　　　　　　　　　いま　わたしは知らない
　　まして
　　　わたしの生首が
　　　兄ハンニバルの陣営に投げ込まれようとは！

ディオクレティアノ橋を渡る

わたしは
　　一眼の巨人キュクロープスである
　　　急流が掘った深いナベの
　　　　　　底の見えない静謐に潜む
　　　昼下がり
　　　　樹々を映す水面に身を浮かべ
　　　　　　はるか
　　　　　　　　フォッソンブローネの砦を望む
切り立った断崖が
　　　フルロの峡谷を見下ろしている
　　まさしく“フルロの喉”である
　　　　息がつまる
　　　　　　深いミドリの恐怖が
　　　　　　　　　　　　　　　　わたしが呑みこむ
夕陽が
　　　影を落す

静謐

わたしは

空翔ける鷲である

わたしは

アドリア海にのぞむ小都市ファーノからやってきた

アペニンを越え

フォリーニョを過ぎ

はるか　ローマに到る

［NOTES］

＊メタウロ　メタウロ河。

＊ディオクレティアノ橋　マルケ州の古都フォッソンブローネに架かる橋。

＊ナベの…　この渓谷は、「巨人の棲むナベ（“Le Marmitte dei Giganti”）」と呼ばれる。

＊フルロの喉　“Gola di Furlo”

わが身をさても

西行と

世にあらじと思い立ち

流れ落ちて

幾星霜

秋の夕暮　アハレ

冬の山里　サミシ

そらになる心は

ぽっくり　逝きたい

いま

おなじ窓辺に立ち

折れてくずれる雲の影

澱みながれる野のきわみ

ユクヘモシラヌ

ねがはくは花のしたにて

（ドーソーカイ　ヤッテル？）

きみ

わが“ピンピン　コロリ”を見たまえ！

いづちかもせむ

［ノート］

＊わが身を…　世のなかをおもえばなべて散る花の わが身をさてもいづちかもせむ（西行）

＊世にあらじと…　そらになる心は春の霞にて 世にあらじともおもい立つかな（西行）

＊秋の夕暮　心なき身にもあはれは知られけり 鴨立つ沢の秋の夕暮（西行）

＊冬の山里　さびしさに堪へたる人のまたもあれな 庵ならべん冬の山里（西行）

＊ぽっくり…　「ぽっくり　逝きたい」（朝日新聞二〇一〇年十二月一日夕刊）

＊ユクヘモシラヌ　風になびく富士のけぶりの空に消えて ゆくへも知らぬわが思ひかな（西行）

＊ねがはくは　ねがはくは花のしたにて春死なむ そのきさらぎの望月の頃（西行）

＊ピンピン…　ピンピン　コロリ（朝日新聞二〇一〇年十二月一日夕刊）

（『転位論』二〇一二年港の人刊）

散文

ハイマートロスの現代詩　インタビュー

サハリンから

生まれたのは、一九二四（大正十三）年、樺太（サハリン）です。父は石川県の出身で、他に福井からとか、そのあたりが南のはずれで、あと青森、秋田、岩手、福島、樺太はそういう、いろんな土地から来た人の吹きだまりのようなところだった。昔、ぼくの父は北前船に乗っていて、その話をよく聞きました。風だけで走るのにすごい速さなんだって。父ははじめは利尻でニシンとりをやっていたんです。京都にもニシンの料理がありますよね。日露戦争が終わって、日本が勝って南半分が日本領になったということで、樺太でニシンとって儲けようってことだったんじゃないでしょうか。兵隊でもないのに、鉄砲を持って渡ったらしい。

樺太は、冬は零下三十何度で寒いですけど、いいところですよ。細長く段丘になっていて海岸の段々のところに家がある。子どもの頃、学校の二階から海岸が見えて、ニシンが来ると学校を放って行くんです。ニシンの季節になると、海が真っ白になって、それは何かと言うと、メスが数の子を生んで、オスが白子をばらまいて、海が真っ白になる。枠舟っていうのがあって、いっぱい獲ったやつを舟にくっつけて持って行くんだけど、しけると舟が危なくなるから網を切って捨ててしまう。それをタモで拾うと口から溢れているから、その溢れたのを子どもたちがもらってくる。うちに持って帰ると、魚のままいらないから数の子だけ持ってこいって（笑）。ニシン山盛りでも数の子にしたらほんの少しなんですよ。

元々、サハリンは、流人の島なんですよね。チェーホフの『サハリン島』は、明治時代、日清戦争の頃に出た本ですが、チェーホフが来たときは、旧制ロシアの流人島で、囚人ばかりがいた。あの本は、ぼくも一時期面白がって読みました。囚人といっても牢屋に入っていたわけではなくて、掘立小屋を建てて、そこで生活をしていた。

日露戦争の後、北と南に分かれて、ぼくは第二次世界大戦の末期に兵隊になって国境の警備にあたっていた。当時、蛸壺っていうのがあって、自分が入れるような穴を掘って、ぼくたち兵隊はそこに潜んでいました。飛行機が見えたので、まだ日本にも飛行機があったのかとびっくりしたんだけど、それは日本のものではなくて、ソビエトの飛行機だった。立派な飛行機ではなく、トンボみたいな感じの飛行機だったので、はじめは撃たれるはずがないと思って、なめていましたね。それよりもっと立派な飛行機に、あとで追いかけられました。たった一人で広場にいるところを狙われて、あれはおっかなかった。ダンダンダンって、直接弾の落ちるのがわかるからね。

戦争が終わると、部隊が解散して放り出されたんです。いったんはつかまって、ここにいたらシベリアに連れていかれるという噂が流れて、危ないと思って逃げた。集団で逃げたり、投降した人もいます。ぼくは樺太が地元だから一人でも歩いて帰れると思っていた。キャベツ畑に逃げ込んで、それを食べて飢えをしのいで、ユージノサハリンスクに向かった。ユージノサハリンスクというのは、サハリンの南っていう意味で、昔は豊原って言っていた。

逃げるとき、稚内に行くために樺太の南の港、大泊に歩いて行く避難民の中に紛れ込みました。ユージノサハリンスクに着くと、古い親戚の家に逃げ込んだ。九月だったと思うけど、そこにはストーブがあって、餅もあったので焼いて食べた。外からコンコンと扉を叩く音がして、兵隊さんですかと聞くので、そうだと言うと、ぼくが逃亡兵だとわかったらしく、近所にいた人が一升瓶の酒を持ってやって来た。それで毎日酒浸り（笑）。外はロシア兵が鉄砲を持って歩きまわっていました。ロシア兵が来ると、人がいるのがわからないように煙突から煙が出ないようにしてくれて、家の中には、芋とか、食べ物はいっぱいあったから、それを、むしゃむしゃ食べた。軍服を着ていたらまずいので、人の家でも平気で上がって、タンスやら何やらあさって、古いズボンとかシャツとかに取り替えたりしました。

ぼくの生まれた町はトマリオルだけど、帰ってみたら、うちにロシア兵とか朝鮮人のぼくの中学の後輩とかが暮らしているんですよ。樺太にはその当時、朝鮮人もたくさんいたんですね。中央アジアのあたりに朝鮮系ロシア人の住んでいるところがあるんです。

ぼくの後輩は、KGBの係官で、結婚してそこに住んでいた。その上の将校も来て、同じ朝鮮人同士だということで、その人とも仲よくなって、ぼくを保護してくれる形になったんですね。家にいたロシアのおばさんとも仲よくなって。そのうち引き揚げの話なども出てきて、真岡というところにぼくの旧制中学校があって、そこから函館とかへ行く引揚船が出ていたので、そこに逃げた。

そこでぼくの兄が殺されているんです。大阪商船にいたのかな。船乗りのはしくれです。父に兄を探してこいって命令されて、真岡は中学のあったところだからあちこち知っていて、何とか見つけ出した。十二月に入った頃だと思うけど、オーバーコートを着たまま埋められていたね。ロシアの少年兵が監視している中で埋められているのを掘って、うまい具合に手に入れた橇に兄を乗せて火葬場まで運んで、焼いてお骨にしてうちに持ち帰りました。兄の女房は引き揚げて稚内に辿り着いたんだけど、噂で亭主が死んだことを知って引き返してきた。

昭和二十二年に函館に引揚げましたけど、それまでの二年くらいの間、いま言ったみたいな混乱がありました。函館にはアメリカ兵が、樺太にはソビエト兵がいました。函館に着いた後、母親違いの兄が石巻にいて、そこから、さらに保土ヶ谷に住んでいた姉を頼って引き揚げました。神奈川県が、海軍工廠、職工さんたちの長屋を引揚者に提供したんです。それから伊勢崎町、桜木町の近くに移りました。その頃、横浜は焼け野原。氷屋の店員になって店の前で氷を売ったりして生活したな。学生の間も働いていました。ニコヨンというのがあるでしょ。トラックの上で力仕事したりする、危ない仕事ですけれど、若かったからできた。

学生時代

高校は、仙台の旧制高等学校（第二高等学校）に通いました。旧制高校っていうのは、ちょうど本をよく読む時期だし、皆そういう仲間ばっかりでした。ぼくはその頃、石巻の造船所で勤労動員させられて、船の底に赤い錆止めを塗ったりしていました。ある日、学生大会があるぞというので、行ってみたんです。そうしたら、それこそ羽織袴で、日本の志士みたいな恰好をした右翼の学生が、サイパンで日本が負けたことを受けて、悲壮な感じで学生大会をやっている。そこでぼくは、自分でも知らない間に壇上に飛び乗って、「お前たちは偉そうなことを言うが、おれは石巻の、船の底のペンキ塗りから帰って来る途中で人が逃げ込んでいた防空壕が崩れたところを見た。こんなところで羽織袴で勤労の志士みたいなことをしていないで、これから防空壕を直しにいくべ」って言ったのを覚えています。

高校の先生が右翼で、家に呼ばれて行くと、天照大神って書いてある掛け軸の前に座らされて、ベートーベンを聞かされた。その人はぼくのドイツ語の先生でもあったんだけど、かなりいじめられました。二高は土井晩翠ゆかりの伝統のある学校で、『古事記』とか、『日本書紀』、本居宣長の本というのはそこで覚えたというか、覚えさせられた。そのせいで、アマテラスなんていうのが詩に出てくる。

その先生に、ぼくは将校不適任ってハンコを押された。というのは、教練の時間に、ぼくはその右翼の先生を真似して、羽織袴で鉄砲を持ってふざけたりしていたんです。二高はそういう比較的自由な空気があった。けど、やはり戦争中ですからね。それで教練の教官から目を付けられて、将校不適任というハンコを押されちゃった。それがわかったのは、軍隊に行ってからです。軍隊に行っても将校になれないんですよ。志願しても、幹部候補になれない。そこでちょっとひねちゃったんですね。ぼくもまだ若くて、何もわかっちゃいなかったかもしれないですね。

ただ、逃げるのは一兵卒のほうがいい。将校は逃げると目立つけど、兵隊なんか一人くらい逃げたって誰も注目しないから、逃げやすかった。国境は北緯五十度のところに、北がソビエト、南が日本というふうに石碑があります。そこに日の丸高地というところがあって、そこで帽子を捨てました。そのままかぶっていると撃たれちゃうから。そうやってさっさと逃げた。

東大の哲学科に出隆っていう先生がいて、その先生がぼくの先生。『哲学以前』という有名な本がありますけど、文章も上手だった。先生のうちにも行きました。働かないと暮らせないから大学やめるって言ったら、先生が四月に聴講カードだけ出して、三月に試験を受ければいいって教えてくれた。授業のノートを売っているんですよね。それを勉強して、それで授業にも出ないで卒業した。

そのあとも、いろいろな仕事をしました。湘南高校の通信制の教師になって英語と社会を教えていたこともあります。五十代で大船で「トリトーネ」っていう飲み屋をはじめて、それを人に譲って「ばろーろ」という名前でやっていました（二〇一六年に閉店）。

詩との出会い

詩に対する憧れは早い時期からあったような気がします。一九六八年に第一詩集『埠頭』を出しています。「現代詩の世界は、すくなくとも現在のわたしの自己表現欲を完全に満足させてくれるもののようだ」って書いているね。西脇順三郎とか好きだったかな。西脇さんのことを好きな友人がいた。「チエコ」はぼくの姪で、詩にもよく書いた気がする。

ロレンスも好きだったかな。でも、九十を過ぎると物忘れがひどくて思い出せない。沖縄の詩人の山之口貘さんにも少し影響を受けていると思います。渋谷晴夫という詩人が東北にいて、二高で友だちだったんです。立原道造とかは、渋谷晴夫の影響で読みました。彼が詩のことを教えてくれたのかもしれない。

イタリアとの出会い

イタリアでは、ローマ大学に籍を置いていたんだけど、目当ては学生食堂です。安い金でうまい飯を食えるから。イタリアは、あちこちくまなく歩きました。シチリアはエトナとか、タオルミーナとか。須賀敦子さんは聖心女子大学の出身で、ぼくの死んだ女房の同窓だった。須賀さんはミラノにいて、ぼくが運転して女房と三人で、ミラノ見物をした。その頃は、須賀さんはまだ有名じゃなくて、社会運動をしているときだった。でも、ミラノにちゃんとした家があって、結婚もしていた。コルシア書店にも行きました。ご主人はそこのマネージャー、店長さんだった。すぐ亡くなられたけど。須賀さんが亡くなったときはお葬式にも出ました。

『砂漠の論理』の解説を書いているアダ・ドナーティは、大学の英語の先生で、学がある人でした。アダのところに行けば酒が飲めるし（笑）、イタリアは自分の国みたいな気分でいた。はじめは、アダの兄貴と知り合いでした。兄貴は俺と同じくらいの歳だったと思うけど、もう死んでしまいました。ドナートというのは献上するという意味で、日本でいう神職みたいな、由来のある名字です。

旅は、イタリア以外にも、インド、カナダやアメリカ。北極も、キューバにも行きました。ブラジルへも、アマゾンとか、マナオスとか。アマゾンでも酒ばっかり飲んでいた（笑）。酒は、十代から飲んでいました。呑兵衛です。ネパールも好きです。ぼくの住んでいる家の玄関には、自分で撮ったエベレストの写真があります。四千五百メートルくらいのところにいって、そこから写した。そこには日本人の経営している宿があったように思う。そのあたりでエベレストを近くに見ました。お金のない旅だから、ヒッピーと似たようなものだったかもしれない。

ペルシアのあたりもうろうろして『ルバイヤート』を真似した四行詩も書き始めました。イタリアの帰りなどに、そういうところやインドを彷徨した。ときどきモスクワ経由で。モスクワへはあるときは、横浜からナホトカに行って、汽車に乗って、イルクーツクまで行って、シベリア鉄道に乗って行きました。一週間かかった。シベリア鉄道の中にもうまいワインがあった。イタリアはいいところですよ。酒はおいしいし、景色もいい。山も海もいい。アフリカやマルタも近いし、ナポリの南には砂漠みたいなところがいっぱいあるし、とくにシチリアはいい。北アフリカからナポリ、このあたりをうろうろするのもよかったですね。

（2016.11.4、聞き手＝思潮社編集部、水島英己）

詩人論・作品論

天翔るレビヤタン*

『コメディー砂漠の論理』について

アダ・ドナーティ

著者ナカダケイジは、彼にとってこの作品をコメディーと規定することで、『砂漠の論理』と題した。つまり、彼自身をコメディアンと規定した。そのねらいは、ウォレス・スティーヴンズがつくりだした詩的人物像「文字Cとしてのコメディアン」の、〝交互の調べをもつ想起と忘却のうたごえ〟を思わせる。

ケイジの場合もまた、〈想いだす〉と〈忘れる〉、〈編む〉と〈ほどく〉、〈出発する〉と〈戻る〉、などの絶えまのない放浪がくりかえされる。コメディアンとは、綱渡りのあやうさで、さまざまな仮面をつけ、さまざまな状況と一体化する者のことである。わたしたちはいままでに、彼が、どれも同じような自然さで、ナポレオン、ロレンスあるいはオマル・カイヤムと、いかに一体化することができるかを見てきた。まわりつづける回転ドアのように、彼は歴史のなかに入ったり出たりする。過去と現在、伝説や神話、西洋と東洋、天国と地獄もうろつく。イタロ・カルヴィーノは『アメリカ講座』で、神話は解釈するものではなくて、単純に語り伝えるものだと言ったが、ナカダケイジはそれ以上のことをする。たとえば、神話を一人称で生きる。つまり、それぞれの伝統のパラメーター、論理規範、先験的カテゴリー、因果律の連鎖などが放棄された瞬間から、彼の思考様式自体が神話になる。そして、そこがどこであれ、その場所で生きつづけようとする。

このような作品の輪郭から、『砂漠の論理』という表題自体が、そのあからさまな矛盾を雄弁に露呈することになる。砂漠は、論理も地層も、アイデンティティーも持つことができない。空気の流れで話し合い、等圧線にだけ従い、いつもさまざまなかたちで、生まれたての赤ん坊のように、いつもなにかが起き、なにかになりながら生きている。〝太陽は徒労を恐れない　停滞を恐れる〟。

ここでは、〈物語るわたし〉がそのまま〈さまよえるわたし〉である。ときにアエネアースであり、アレキサンダー大王であり、ユリシーズ、リュシマコスであり、タリバンの一人だったりベルベル人の傭兵だったり、ハンニバルにもキムメリオス人にも、オルフェウスにもなる。さらに、訪れた場所が収斂し、重なり合う。シチリアはサハリンに、利尻富士はヴェスヴィオに、宗谷海峡がメッシナ海峡に。ハンニバルとナポレオンはアルプス越えという一点で、ナツとアキたち、日本の四季でもある女たちの死はカルタゴの女王ディドーの死に、重ね合わされる。

　そして、場所がどこであれ、だれに変身しようが、わたしたちは同じ不可分の宇宙意識に出会う。すなわち、見えない織機の上にかけがえのない宇宙の織物を織り上げ、肉体を超えこの地上も超えた至上の循環のなかに埋められている記憶と経験の無数の断片を織り込んだ、同じ織工に出会う。〝いつでも太陽系を脱出することができる〟と、彼は宣言する。〝宇宙の一粒の火になる！〟と。ロバート・フロストの詩にあるように――

　きみは出てゆくことができる
光のせせらぎを追って
空へ
ながれる時の
物語りのなかへ

『砂漠の論理』を読む者は、はてしない旅路を詩人とともにたどることを選び、境界のない宇宙に旅立ってゆくのだと、わたしは思う。

＊レビヤタンは水にすむ巨大な怪物。

（『砂漠の論理』思潮社、二〇〇八年）

アペイロンへの復帰　　ジェームス・ケティング

サンフランシスコに住んでいた頃、私は「スイス・シャレー」という飲み屋の常連でした。シスコらしく、「スイス」と看板にあったが持ち主はイタリア系アメリカ人で、客の多くはバスク地方や中南米からの移民でした。ある晩、「アメリカ人がイタリア人と違う点の一つは、〝運命〟を信じていないことだ」と、よくその店で一緒に飲んだイタリア人が言い、なるほど、と思いました。私は今も運命を信じていませんが、一方でマスター（と私は中田さんを呼びます）と巡り会い、彼の詩を英訳するようになった時、運命のようなものを確かに感じました。その役割に他のだれよりも私が適任であると勝手に思ったからです。

言うまでもなく、マスターの詩作は彼のあまりにも特殊な生い立ちと体験に厚く彩られています。樺太という「外地」の生まれと育ち、出征、拘束、脱走、引き揚げ……。なかでも脱走が決定的な影響であったことは明らかで、何度も彼の詩に出現し、再構築されています。戦後、「内地」での生活はマスターにとって一抹の違和感をずっと伴っていたような気がします（これにはそもそもよそ者である私の気持ちと通じるところがあって、たまに私は彼を「半分外人」と茶化しました）。そのせいか、彼は「内地」で重んじられる多くのものに対して嫌気か冷淡さ、たまに怒りさえ表しました。早い話、「天皇制」、「涙」、「古里」、「国家」（「おれは日系日本人！」）、「桜」などに。こうなると「外」（海外）に出るしかありません。

マスターの旅好きはまた驚いたもので、東西南北、イサカを諦めたオデュッセウス宜しく、駆られたように出かけ、訪れていない国の方がむしろ少ないと思わせるほどです。彼の百科事典的な知識と飽くなき好奇心のお陰で、旅はその詩に膨大な規模と豊富な材料を与えました。旅が一連の詩を産む一方、詩もまた旅を産むという相乗効果が働きます。旅はまた時の放浪でもあり、旅先で過去が現在と手をつないで彼を迎えます。異国の街で突然三蔵法師や大好きなローレンスに遭遇することには何の不思議もありません。また空間が反転し、場所が入れ替わります。柏尾川や大船駅がいつの間にかローマのテヴェレ川とテルミニ駅に。長篇詩の構想は特に大胆不敵で、第一人称の主人公はこの混じり合った時空ワープの中で孫悟空のように嘯き、暴れまくります。

場所と時間の変換が自由や広さを創るなら、アイデンティティーにおけるそれは尚更で、詩のトポスにマスターが採用したペルソナは実に多く、例えばアエネアース、李白、役行者、阿Q、ベルベル人の傭兵、ひな人形など。いとも簡単に自己を手放して他者に仮託している背景について「墓碑銘」(『饒舌な夜明け抄』所収、本書未収録)の最後の四行は示唆的です。「おれのあいでんてぃてぃー//おれでないだれか/ここに眠る」。

思えば、自と他、この時とあの時、こことあそこの間から一切の線を取り除けば、中国神話の未開闢の混沌、前ソクラテス期の哲学者が想像した「無際限・無限定」を意味する「アペイロン」に近づくはずです。この大いなる「逆戻り」は様々な「線」に翻弄された結果、フージン洞(伊豆大島にマスターが所有していた別荘で、彼のホームページの名前でもある)という彼にとってのまさに〝水簾洞〟*を拠点にして、世の、現代詩の既成コスモス(秩序)に対する断固たる挑戦を続けた詩人が至った方法論でも、達観の表現でもあると思います。

拙訳から伊訳を行ったアダ・ドナーティ氏との交流も含め、「わたしたちに許された特別な時間」(劇作家の岡田利規氏の言葉)へ感謝の意を改めてここに表します。

(2017.6.26)

* 『西遊記』の孫悟空が本拠地とした洞窟。

サハリン島で生まれた詩人

銃声と星と流氓の海境から

麻生直子

中田敬二という、現代詩の詩人の中でも稀な人、という意味で、私は、生涯の旅の蓄積を傾けたパノラミックな詩の世界に魅かれる。彼はまるで海や空の彼方から現れる〈マレビト〉であり、風神のように自在に世界を巡り、アクロポリスやネクロポリスの始祖と言霊を交わし、アマテラスやシンチュウグンのいる郷土を覗きに来る。『マルコの旅』所収の「アダへのたより」では〈小心な異教徒の眼に／／故郷を遂われた風神はなにを見たか〉〈あらゆる海はけものみちである／あらゆる島はキャラバン・サライである／海をあざむく狩人を警戒せよ　警戒せよ〉と神託する。また「南禅寺」では、絶景かな絶景かなといわずとも、石川五右衛門は理想の男で、鴨長明は墨染の衣があったからいいさ、といい、〈眼にうつる風景とちがうこころ〉を持つことを是とし、『日本書紀』や『古事記』の神々に愁訴の視線をおくり、ヒマラヤやインドで、仏陀とギリシャの神々の群像に会い、イラン高原のヘラートを巡り、使徒や道士の旅のルートも探求する。

『旅のおわり・旅』では「ミシマ・ユキオ　アッピア街道に現わる」が印象的だ。作品は、ローマ城壁博物館への入館から、大聖堂と神殿、城壁と軍道の史跡を辿り、憑依的に登場する〈ミシマ・ユキオ〉に、〈オレハドウケダ〉〈カミガヒトトナッタアトデ、カミヘノギセイヲエンギスル〉〈サイゴノドウケダ〉と語らせる場面がある。

そのシニカルでシュールな寸劇は、神憑り的な戦争の時代を同年代として生き、憂国者として割腹自殺をする三島由紀夫と、同詩集で「サハリン島」を描く詩人・中田敬二が憑依する憂国とが似て非なるもののように思わせる。『哲学以前』などの著者でありギリシア哲学を専攻する東大教授・出隆を師とし、後にローマ大学に籍をおいた中田は、西脇順三郎の〈東洋と西洋の理解〉や〈ギリシアの知性と日本の諧謔〉に通じ、ミルトンのパラダイスロストや、エズラ・パウンドやD・H・ロレンスなど様々な文学者たちの表現意識とディレッタンティズム、視覚形象の明確なイマジズムの方法論を駆使し躍動する。『夢幻のとき』に描かれる、トスカーナ地方の墳墓遺跡での、豹やライオンや乙女や曲芸師や鳥占い師など、三十パーツ弱もの墓のモチーフを連ねる「対話・死の町をゆく」中のロレンスとの対話では、何度読んでも読みつくせない膨大なエトルリアの死の町に導かれる。〈帝国は帝国を生み　神が神を生む／地獄への恐怖が神を生むように／天国の幻想が殺戮を生みつづける〉〈神が人類を滅ぼすにちがいない〉〈地球が老醜をさらけだした〉などの詩人の宗教哲学や批評は、詩集成におけるトピックではないだろうか。〈戦争と殺戮の墓〉は〈夢幻〉から転位する現代のテーゼであるために、風神は千年生きても生き足りないのだ。

中田敬二のその世界の起点は、サハリン島（樺太）体験なくして生まれていただろうか。詩人は、第一詩集『埠頭』で〈凄惨な落日〉〈植民地の空〉〈撒きちらされるハガネの星〉〈額を切り裂かれる〉〈三界に家がないのは　むしろ男のほうだ〉と書く。かつて日本海の表舞台を、北前船に乗って勇躍した父親が、ニシンを追って北上し、利尻島からさらに樺太に移住した。一九二四（大正十三）年生まれの中田少年は北緯五十度で国境線が引かれた樺太の南（ユジノサハリンスク）、ニシンが群来て白濁する浜辺、美しい海岸段丘を望むトマリオル（泊居）で育った。

サハリンについては、チェーホフの『サハリン島』（一八九〇年）や、コロレンコの『樺太脱出記』（一八七〇年。森林太郎（鷗外）が一九一二（明治四十五）年に翻訳。『鷗外選集　第十五巻』に所収）に露西亜の流人の島として詳しいが、さらに遡れば北方民族として樺太アイヌや、ウイルタ、ニブフ、アリュート、ギリヤーク、ダッタン、といった多種多様な人々の生活や大陸との交易の地であった。島から大陸に近い五十度以北の場所では、七・四キロ余の距離の海峡が冬には凍結し、犬橇で渡ることも出来た。日本では間宮林蔵たちが島だと確認するまでは、奥蝦夷といい、国に属さない土地でもあった。

自然資源の豊富な樺太には、明治政府によって樺太開拓使が設置され、脱亜・富国強兵の政策から日清・日露戦争を経てさらに太平洋戦争の一九四一（昭和十六）年には、日本人移民が四十万人を超え、朝鮮半島からの徴用労働者も四万人余りに及んだという。敗戦とともに樺太はソ連軍が占領し、日本住民はおよそ五年後までに避難民として引き揚げを終えるが、日本政府は、朝鮮人を外国人として放置し、またソ連軍は捕虜千人余りを列車と船でシベリアに連行した。

〈銃声が間断なくきこえる原野で、星たちが合図を送ってよこしたのはたしかなことだ。避難民をつめこんだ貨車のかげからわたしが飛びたち、夜空の一角で数時間をすごした／／胸の動悸〉(「小心な星への追悼」『島々の幻影』)。そして〈自由〉を噛みしめた一人の逃亡兵は、幼少年期を過したユジノサハリンスクの町に辿り着き、幸いにも生き延びた。

著者の二十冊に迫る詩集の中でも、サハリン島での追体験や風土性が、センシブルな叙事詩として心を打つ。

北辺の植民地と一家離散の境涯に、幻の故郷を求めて再訪する彼とその地に定住する人々は、自らの民族の歌を歌い、踊り交わす。津軽じょんがら節や江差追分を波枕に聴く海路は、私が生まれた、北前船のルート上にある離島の住人たちの歴史と情念にも通ずるものがある。

詩人は、島での或る冬、見張りのロシア人少年兵が立つ雪原で、銃撃された兄の凍死体を探し出し、橇に載せ、ひとり火葬場に向かう。彼は兄の遺骨を父に渡す。

〈いくつかの時代をもつ風がある／／成熟する度合に応じて階層的に自分を深化させる。生涯に自分がもったいくつかの時代を、風はパノラマのように展開してみせる〉(「島の風について」)。彼は、島との相対性を失いたくないのだという。日本人の人種差別や「民族」についての歴史観においても、文学的風土においても、北海道、樺太への理解は今日でも未成熟に思う。樺太で労働に明け暮れた小熊秀雄。旅行者としての宮沢賢治、林芙美子。後に芥川賞作家となる、李恢成、寒川光太郎ほか、北方民族のうたの伝統文化は地域的なルーツで終わってはならないのだ。〈娘よ／旅は世界じゅうの人間のことばをひきつれてくる〉(「旅について」)と詩人は示唆する。

人間の言霊をひきつれて、風のマレビトは今日も現代詩の海境をこえて、私のもとにやって来る。(2017.6.12)

詩人　中田敬二の断片

牧野伊三夫

　中田さんとはじめて会ったのは、大船の「ばろーろ」という酒場だった。たしか二〇〇四年の冬のことである。古い建物の二階にあるこの店へ、ギシギシと階段を登る音をさせて、帽子をかぶった髭もじゃの老人が、マフラーを首にまき、寒い風でコートを冷やして入ってきた。一度見たら忘れられないような強烈な風貌をしていた。この老人が、中田さんであった。僕はこの店のカウンターで夕刻から一人で飲んでいて、ずいぶんいい気分に酔っぱらい、そろそろ店を出ようとしていたが、気になってもう少し飲むことにした。その老人はママから「マスター」と呼ばれたので、ああ、きっと近所でバーかスナックをやっている同業者なのだろうと思った。マスターは、この店にずいぶんおなじみのようで、「ふうっ」とか、「はあっ」とか、挨拶のような、ため息のような声をママに向かって発しただけで、デキャンタに入った酒と刺身を出してもらっていた。そして、何も注文していないというのに、ママはマスターのためにステーキを焼き始めるのだった。

「ママ、あれちょうだい。ぐちゃぐちゃ」。次にマスターがそう言うと、ママはガラスの椀にミックスナッツとあられ、パルメジャンチーズを小さく刻んだのを混ぜ合わせたつまみを出した。マスターはそれを、酒をすすり飲みながら、椀からわしづかみにしてうまそうに食べはじめた。この店は、もともと中田さんが「トリトーネ」という名ではじめた店であったが、ママがそのまま引き継いで、「ばろーろ」という名で営業していた。そんなこととは知らず、僕はその様子を見て、いつか自分もこの店でこのくらいの常連になりたいと思ったものである。

　この日、中田さんとは軽く会釈をしただけで何も話さなかった。僕は酒場で一緒になったというだけで、親し気に話しかけられるのが苦手なので、身分を明かすこともなく、あえて無視をして一人静かに飲んでいたのだが、どうやら中田さんもそうであるらしく、少し離れた席でお互いに黙って自分の酒を飲んでいた。そのとき僕は中田さんに対して、酒のみにしか分からない、暗黙のあ・うんの呼吸のようなものを感じたのだった。

　僕が「ばろーろ」を知ったのは、東京から鎌倉へ引っ越すために家探しをしているときだった。訪れた地元の不動産屋に教えられて店へ行くと、入口の扉のところに「会員制」という札が貼られていた。入ってもよいものかと戸惑いながら扉を開けると、カウンターの内にママらしき女性が一人いて、煙草をふかしながら新聞を読んでおり、驚いたような顔をして僕をみつめた。僕は、自分がこの店にふさわしい客であるかどうか、この人から一瞬のうちに判断されているのだということがわかった。「あのう、会員制と書かれてありますが、入ってもいいでしょうか」「……。どうぞ」。

　壁にはローマの街角などの写真や、お面などが飾ってあった。席は六、七人がけのカウンターのほかに小さなテーブルがひとつ。そのテーブルには画集などの本が積まれていた。小さな音量でプッチーニの歌曲が流れていて、ママは、ちょっとつっけんどんな感じだった。小さくて、雑然とした雰囲気の店だが、それが僕にはとても居心地よかった。北鎌倉へ引っ越してからは、たびたび通うようになったのだが、不思議なことに、店で僕以外の客と会うことがなかった。いや、何度か来たことはあったのだが、入ろうとするとママの野村さんが入店を拒否して追い返すのだった。その様子をみて、ああ、たしかに会員制の店なのだ、それにしても僕はどうして入れてもらうことが出来たのだろうと思った。

　中田さんは僕がそんなふうにこの店へ通っていて、店で会った最初の客で、その後もこの店で何度か会った。しかし、いつも来るのは十時をまわった深夜だった。年寄りは、食も細くなり、早寝早起きするものだと思っていた僕は、深夜にむしゃむしゃと肉や魚をたいらげ、酒をがぶがぶ飲むこの老人を不思議に思っていた。それである時、こんな時間まで何をして過ごしているのかと尋ねたところ、昼すぎまで寝ていて、あとは詩を書いているのだという。それでママが店にあった思潮社から出たばかりの大きな詩集を見せてくれ、このときようやく中田さんが詩人であることを知った。それは、日本語で書かれた詩にイタリア語の訳がついたものだったのだが、旅先で撮ったという写真も添えられた豪華な本だった。渡されて読んでみたが、詩というものをよく解さない僕は、何と感想を述べたらよいかわからず、たしか、「ずいぶん立派な本ですね」というくらいのことしか言えなかったと思う。そして、その詩集をくれるというので、せっかく著者が目のまえにいるのだからと中田さんに僕はサインを求めたのだが、「俺はそういうことはしないんだ。詩集にサインして人に渡すなんて」と真剣な顔で拒まれた。僕は、いかにも俗っぽい態度でこの詩人に接してしまったのではないかと感じ、はっとして酔いが覚めるようであったことを覚えている。

当時、中田さんは七十九歳、僕は三十九歳で、僕にとっては祖父と同じくらい年の差もあり、仮にいくらか詩を理解できたとしても、共通の話題で一緒に酒を飲むことなど到底出来ないだろうとあきらめていた。ところが、中田さんはちがった。中田さんには、社会的な身分も、年齢差も、国境もなかった。中田さんは僕のことを「あんた」とか「マキノ」などと呼び捨てにしていたが年齢のせいか、少したどたどしい感じの、やさしい声である。思考が柔軟なうえ、心が透き通って、意地悪なところが全く無いからであろう。「牧野さん」や「牧野君」などと呼ばれながら話すよりずっと気楽に話すことができた。

とはいえ、中田さんが話すたいがいのことは僕の理解を越えたものであった。いつだったか、仏教以前の東南アジアからインドあたりの宗教の歴史を語られ、さっぱり話についていけず悪酔いしそうになったことがあった。また僕が画家だというので時折、美術評論家の針生一郎や鎌倉に住む現代美術家の倉重光則《くらしげみつのり》など、美術に関わる人の話をしてくれることもあった。しかしいつだったか、酔って僕の画家としての在り方についてボロクソに批判しはじめ、まるで祖父と孫のケンカのようになった。だいたい、こういうときはママが仲裁するべきであろうが、なんとママも中田さんと一緒になって僕をこきおろすのだった。そんな夜もあったが、僕は、何故かこの二人が好きで「ばろーろ」へ通っていた。ほかにもいろんな話をしたと思うが、話よりも酒を飲むことのほうが大事で、どんな話をしたかもう忘れてしまった。

そのころ、僕はサントリーウィスキーの広報誌を作る仕事をしていたこともあり、自分が飲むウィスキーにもこだわっていた。それで、ママにお願いしてわざわざ好みのものを店に置いてもらって、それを飲んでいたのだが、中田さんは、そんな僕に向かって「俺は酒の味というのがわからねぇんだよな。へっへっへ」と笑って、自分はイタリアで買い求めた洒落たデキャンタに焼酎を注いで飲んでいた。いつも氷と水で割り、グラスに並々と注いで、茶をすするように飲んだ。その様子が実にうまそうだったので段々と影響され、僕もいつの間にか中田さんの真似をして、音をたててすするように酒を飲むようになった。

二〇〇一年にアメリカで9・11のテロ事件が起きてしばらくたったある晩、中田さんは新しいカメラを買って店へ持って来て、これを持ってニューヨークの貿易センタービルの倒壊現場へ行くのだと言っていた。僕は、八十歳を目前にしてなお、そんな旅をするこの老人に驚きながら、中田さんが自慢げにカメラの話をするのを聞いていた。

そして帰国後、「グラウンド・ゼロを行く」という中田さんの新しい詩が完成していた（改稿を『夢幻のとき』に収録、本書未収録）。この詩は事件後、入国審査が厳しくなったジョン・F・ケネディ空港で、アメリカが建国以来掲げて来た自由と民主主義が明らかな翳りをみせていることを率直に述べることからはじまる。そして、中田さんは、この事件の現場で被害者であることを世界に示すアメリカに対して、こうささやく。

「（グラウンド・ゼロというのはウソだ）／（もうビルの建設がはじまっている）」。やがて、その自由と民主主義への疑惑は、長崎への原子爆弾投下の記憶と重ね合わせられ、自身の戦争体験を蘇らせるものへと変化していく。「国家というテロリストたちよ／　空虚を見世物にしてはならない／グラウンド・ゼロはこのわたしである」。

ひとつの戦争を終えると、また次の戦争と繰り返そうとする国家主義への批判と、自分自身がこの世界でどうあるべきかという問いへと展開している。そして、中田さんは、その結論としてこう述べる。「そう　グラウンド・ゼロはこのわたし／オオフナ3丁目である」、「そ

う　わたしはテロリストであり／グラウンド・ゼロである」。

ここは、僕がこの詩で一番好きなところである。この事件がアメリカとイラクだけのものでなく、地球上の人類全員の問題であり、自分にも時代の当事者としての責任があるのだということを、自らを加害者側に置いて考える。「ナガサキはきょうも雨だった？／ふん　ナガサキはアメリカの演歌ではない／ナガサキはわたしのアメリカの現実である」。

太平洋戦争の傷がいまだ癒えることのない中田さんは、ここで吠えるように叫ぶ。「おお　原点は存在する！！荒涼／なんとさわやかなグラウンド・ゼロ！」

あらわになった民主主義の傷口を見て、戦中、戦後を通じて、傷つき、悩み続けながら様々な思索を続けてきた中田さんは、自らをふり返り、その原点に立ち返るのだ。そして、最後に生者と死者の境界を無くしてこう語る。「人類はまもなく滅亡する／そうか／…………………………／この世は死者だけになる／…………………………………／…………………………………／…………／安心した」。

僕は一九六四年、中田さんが本格的に詩を書きはじめた頃に生まれた。戦中、戦後を知らない僕には、この事件に対して中田さんのような実感は持てない。しかし、中田さんが、この詩を書いた気持ちは分かった。僕はデザイナーの経験があり、たびたび自分の画文集などを作っていたから、中田さんにこの詩を載せた小さな詩集を作ろうと相談して、その装丁をまかせてもらえることになった。また、「ぱろーろ」で一緒に飲んでいるうちに、いつか中田さんの詩集を作ってみたいという思いもあった。

発行元は「フージン洞」。これは、中田さんの当時住んでいた家のなかに中田さんが作った架空の出版社であった。全十二頁のスミ一色の片版刷りで、印刷は大船駅前の田園印刷所に依頼した（本書未収録）。

僕は、この詩集のために挿絵を数点描いたのだが、中田さんにこんなに絵はいらないと却下されて、冒頭にそのうちの一点だけ掲載することになった。それは、中田さんが昔住んでいた家を自ら燃やしたことがあるという話を聞いてその様子を想像して描いたものだったが、その後聞いた話によると、どうやら中田さんは本当はそんなことをしたことはなく、ただ自分の意識のなかで家を燃やしただけらしかった。

中田さんはこの詩集をずいぶん気に入ってくれた様子で、この頃から、僕たちは急速に親密になっていったように思う。「ばろーろ」へ行くとママが、「牧野さん、来たわよ」といつもは深夜にならないとやって来ない中田さんを少し早い時間に呼び出してくれるようになった。他にほとんど客が来ず、三人でいることが多かったので、次第に三人は年は離れていたものの友達のようになり、店を早じまいして、駅のそばのスナックへ一緒にカラオケを歌いに行ったこともあった。中田さんは僕にとって最も年齢の離れた友人となった。

この詩集が出た年の八月九日、長崎に原子爆弾が投下された日に渋谷の公園通りにあるクラシックス（元芝居小屋のジャンジャンがあった場所）で、中田さんの詩と作曲家の三浦陽子さんのピアノと僕の絵とで、即興のコラボレーションを行った。三浦さんと僕とは、以前から都内で音楽と絵の垣根をとり払った即興ライブをたびたび行っていた。彼女は中田さんと同じく世界中を飛び回って活動していて、9・11事件の当日は、ニューヨークにいた。この事件をテーマにした曲も作っていたので、お互い初めての顔合わせではあったが、僕は、この二人が対話することで何かが起こるのではないかと期待していた。

当日、渋谷まで行くのに中田さんと大船駅で待ち合わせをしていたのだが、会うと「おい、煙草を吸いに行こうよ」と僕をさそって、長い横須賀線のホームの一番端に設置されていた灰皿のところまで一緒に歩いて行った。「ばろーろ」で会ったことしかなく、日中に中田さんと会うのははじめてだったのだが、ちょっと猫背で酒を飲むときの姿とずいぶん違った印象で、白シャツにジーンズを穿いてシルク帽をかぶりお洒落をして、スマートに見えた。あれ、なかなか格好いい人なんだなと思ったことを覚えている。渋谷に到着するまでの間、中田さんは即興詩も作ることになっていたので、車中では話しかけなかった。

会場は満席で、開演後、中田さんはマイクで即興詩に続けて「グラウンド・ゼロ」を朗読した。三浦さんはピアノ演奏の途中で立ち上がり、ピアノ線をガリガリ引っ掻いたり、声を発したりして前衛的な演奏を展開した。僕は壁に貼った七メートルほどの紙に走り回りながら描いていたので中田さんの姿は見えなかったのだが、「わたしは大船3丁目」のフレーズを背中で聴いて、ああ、やはりいいなと思っていた。終わると満席の会場から大きな拍手があった。そのときの中田さんのやわらかく太い声は、今も耳に残っている。

僕は、相変わらず「ばろーろ」に通っていたが、稀に中田さんが友人と飲んでいることがあった。その頃には、この店が中田さんのプライベートな酒場であり、仕事関係者や友人たちと過ごすサロンであると思うようになっていた。そんなある日、中田さんに山之口貘を知っているかと尋ねたら、大好きだと言われて驚いたことがあった。僕は高田渡が歌う「生活の柄」という曲が好きで、その唄の詩を書いた山之口貘の詩集を買って読んでいたので、なんとなく聞いてみただけであったのだが、思いのほかいい詩人だと強く反応したからである。中田さんは、僕がいくらか詩に興味を持ったと思ったのか、戦後詩は、谷川雁から始まった、谷川雁を読めと言い、続けて、俺は三木卓さんがいるから鎌倉ペンクラブに入っているのだとめずらしく熱っぽく語っていた。今思えば、中田さんが山之口貘を知らないはずはないのであるが、このときはじめて自分が好きだと思う詩人を認められ、中田さんとの距離がいくらか縮まったような気がした。

それからしばらくして、僕は鎌倉の家からまた東京へ戻ることになり、これまでのように「ばろーろ」へ行けなくなった。さみしいことだった。その後、「芸術新潮」から鎌倉で僕が好きな場所について書くという原稿依頼があり、僕は迷うことなく「ばろーろ」をあげて、写真家と編集者を連れて店を訪れ、久しぶりに中田さんと会った。僕は「ばろーろの怪人」というタイトルで中田さんのことを書いたが、そのとき中田さんから、また詩集を作りたいという相談があった。

それは、短篇詩、その英訳、イタリアの友人のアダ・ドナーティのイタリア語詩、その和訳、さらに中田さんの撮り溜めた写真、僕の絵なども盛り込んだ内容のものであった。話を聞いて、要素が多く、内容も複雑なためこれは以前作った「グラウンド・ゼロ」のように簡単にはいかないだろうと判断した僕は、よく一緒に仕事をしていた鎌倉で詩集の出版をしている「港の人」の上野勇治社長に編集と出版を引き受けてもらい、ブックデザインの仕事をよく一緒にしていて信頼していた横須賀拓君に引き受けてもらった。この詩画集は二〇一二年の一月に『転位論』というタイトルで無事出版されることになったが、レイアウトの打ち合わせをするために「ばろーろ」へ行くと中田さんはずいぶん細かくレイアウトに注文をつけた。それでまた祖父と孫のケンカのようになったが、このときはママが、「マスター！ 人に任せたんだから、そんなにあれこれ注文をつけないのよ」と仲裁してくれたので助かった。中田さんが気まぐれに、次々と思いついたことを要求することに僕は腹を立てていた。しかし、僕は、白い紙のうえに抽象画のように言葉を並べ、中田さんが言葉を置く空間も詩の一部として考えようとしていたことは、よく承知していた。この本は、ねばり強い横須賀拓君のおかげもあって、実によいものになり、今でもよく本棚からとり出して読む。「インカのむかしから／ジャガイモの歴史をかんがえてみたまえ／〝男爵〟はいつ〝北あかり〟になったか」「宇宙に　タテも　ヨコも　ない／ヒトにも」「タテはリコウ　ヨコはバカ／タテは詩　ヨコは散文」（「転位論Ｉ」、本書未収録）。

僕は、自分が中田さんの詩を理解できるなどとは、到底思っていなかったが、この詩画集の挿絵を描くにあたって中田さんが詩の世界に新しい秩序を作ろうとしているのではないかと感じて、僕もこれまでの自分の絵を壊すつもりで描いた。

中田さんは、ロシアの兵隊たちのことを「ロスケ」と呼ぶ。もちろん、現在この言葉は戦争を煽り立てる差別用語で使ってはならないだろう。しかし、中田さんがそう言うとき、僕には「同じ島に住む隣国の仲間たち」というような親しみがこもっているように聞こえる。中田さんを悲しませたのは、生まれ故郷のサハリンでこの国境なき付き合いをしたいと思っていた隣人たちを敵と味方にした何かであったのかもしれない。僕は、中田さんがこれまでどんなふうに生きていたのかよくは知らなかったが、ふと、この人は、本当は行き場所がなくてずっとさ迷っているのではないかと思って、抱きしめたくなるような気持ちになることがあった。そんなことは僕の幻想にすぎないのだが、「ばろーろ」で僕は、これまで訪れたことのないサハリンへママと三人で旅をして、三冊目の詩集を作る約束をしていた。しかし、今はもう中田さんにそんな体力がなくなり、この旅を実現できなくなった。中田さん、行きたいね。

（2017.6.7）

中田敬二を読む　「宇宙の一粒の火」としての生存と脱出

水島英己

第一詩集『埠頭』（一九六八年）から『転位論』（二〇一二年）まで、中田敬二は十八冊の詩集を上梓している。これに未刊詩集『デマゴーグ宣言・その他』（一九七一年）を加えた全十九冊の詩集を底本として、新しい一冊の詩集が、ここに出現する。もちろんアンソロジーなのだが、これはまぎれもなく一冊の新詩集でもある。

彼の詩や彼自身についての情報は多いとは言えない。それは、中田敬二と彼の書いたものの両者が、ともに「日本の詩」や「日本人」の歴史や慣習のようなものから離れ、異なった道を歩いて来たからだ。その歩みの全貌を辿ることが初めてここで可能になる。このアンソロジーが未知の相貌を呈していて、新詩集のようだというのは、「日本の詩」や「日本人」にとって、それが「他者」であるということを含意している。つまり中田敬二とその詩は、囲い込もうとするものや、その中に安住している者を越えていつも新しい。

中田敬二は一九二四年にサハリン、当時は南樺太の泊《とまり》居《お》町に生まれた。故郷は、敗戦によって一九四五年に消滅する。ソ連軍の侵攻で、兄は艦砲射撃の流れ弾に倒れた。浜辺に埋められていた兄の屍を探し出して、火葬にした。徴兵された兵士として、敗走という闘いを戦うしかなかった。いったんは捕虜になったが、収容所を脱走し、一九四七年五月、引揚船にしのびこみ函館へ。復員、復学。哲学者・出隆の計らいで東大を卒業。戦後を迎える半生の概略は以上のようなものだ。兄の遺骸を探し出した話、逃亡者としての話など、聴く方にとっては衝撃的だが、彼は淡々と語る。聴いていると樺太という島のイメージが次第に膨らんでくる。この島が、ここでの原体験が、中田敬二という人間の骨格を形成したことが疑いえないからだ。朝鮮、台湾と同じで、日本の植民地の一つであったが、樺太の記憶は日本人から、ほぼ消えたものになっている。生まれ故郷であり、敗戦を迎えた地でもあったサハリン島を中田敬二はどのように書いているのか。彼の詩の文体もこの島、ひいては「島」的なものの在り方と無縁ではないとわたしは考えている。その他の詩でもサハリンは言及されることは多いが、まず集中に三篇「サハリン島」という同じタイトルの詩がある。それらを手がかりにして、中田敬二が「島」や「故郷」をどうとらえているか見てみたい。

『埠頭』に収録されている「サハリン島」は、「きみたち／どこかへ行ってくれ／さもなくば　なにも言わないでくれ」という挑戦的なエピグラフから始まる。「おれのうまれた島を見せてやろうか」と言って語り手が挙げるのは、燃えつきた森、氷原、一頭の海獣、凍りついた廃船、凄惨な落日、などの不毛な光景。詩は「春も秋もない／したがって成熟ということもない／夏に哭いたカラスの屍体が一つ／こごえているばかりだ」という連で終わる。「こごえているばかり」の島という把握は喪失の感情を秘めているが、それが望郷の思いとして表出されることは決してない。

『旅のおわり・旅』（一九八七年）に収録された詩は長詩である。チェーホフ異色のルポルタージュ『サハリン島』（一八九〇年）からの引用に、「男」の島での体験と現在を絡ませながら書くというスタイルが特徴的である。

チェーホフがこの島をおとずれてから十五年ほどたって
男の父親がライフルを持ってここに住みついた
そこからまた四十年たって戦車がなだれをうって国境を越えた
戦争たちのかじかんだ手
逃げまどう女たち
「ここの移住囚用地には三十八人が住んでおり、うち男子三十三人、女子五人である。」
あけがた兵士は捕虜収容所を脱走した

カッコ内はチェーホフからの引用である。戦後、相当の年月が経過してからのサハリン再訪という視点で、詩は書かれている。中田が卒業した中学のあった「マウカ（真岡）」や、島の名物である「コンブ漁」や「ニシン群来」などへの言及もあるが、主なモチーフは戦争である。兄の死や自らの脱走、引揚船などの体験が核になっており、それに、チェーホフの「サハリン島」時代に、この島がロシア帝国の流刑地であったという事実が重なる。さらにこの詩は対位法的な書き方になっていて、作中に、「兵士」というタイトルで取り出してもよい、もう一篇の詩が含まれているようにも読める。

兵士よ
眼じりの裂けた朝を待つな
（略）
兵士よ
よじれた風を呼ぶな
兵士よ
山頂の三角点から身をはなせ
兵士よ
ひとり
谷川のつめたい空を負ってゆけ

兵士よ、という呼びかけと簡潔で印象的な命令が繰り返される二十七行の詩はこれで終わらない。次の一連、チ

ェーホフからの引用を含んだ漁船（たぶん闇の引揚船だろう）拿捕のエピソードの一連をはさみ、それを越えて

銀河が尾を引いて流れる
おおぞらで
兵士はのびのびとからだをのばし　うかんだ
（略）
満天のスクリーンに
ヒゲのはえた独裁者たちの影が大写しになる
眼をこらして見入っているそばを
無数の光の矢が走る
スズヤ峠
貨車は難民でふくれあがっている

という、難民（引揚げ）のビジョンで終わるように読める、もう一つの「詩」。「無数の光の矢が走る／スズヤ峠」は宮沢賢治の「樺太鉄道」や「鈴谷平原」の「サガレンの八月のすきとほつた空気」「鈴谷山脈は光霧か雲かわからない」などの詩行を連想させ、チェーホフの流刑地のイメージだけでなく、賢治のオホーツク挽歌の光も射し込む作品となっている。「原体験」というよりは、書くことが引き寄せるビジョンの重なりのなかに立ち上がる「島」の姿と表現した方が正確だと思うが、それがここには見られる。

遺体は凍土の下に横たわっていた
墓碑銘は朝鮮人が書いた
チェーホフと名づけられた町で
第一書記があつい お茶とチョコレートをだした

作品は以上の四行で終わるが、個的な体験は現在時の散文的な叙述のなかに消え去り（ここでの遺体は兄の遺体に限定されないと思う）、サハリンの現在が浮かび上がる。
三篇目は「さはりん島」という仮名表記になっている。これは一九九一年の『私本新古今和歌集』に収録されたもので、この詩集では、各詩篇に新古今集の和歌が裁ち入れてあって、それと詩題との反響（共鳴、違和など）が企図される。日本神話や和歌に関しても中田敬二は興

味を示している。反アマテラスの猥雑な擬神話的な詩の展開などに古事記などが自在に取り込まれているし、和歌においては西行への傾倒として。新古今の技法の「本歌取り」は中田敬二における詩法の一つでもある。「さはりん島」の仮名は和歌に敬意を表したのだろう。

だんだら落日
凍る針葉樹林帯
星づくよ
ふるさとにゆくひともがな
にげまどう
ひと
ひとびと　ばかな
戦車　ばかな
すたーりんと国境　かけこむ
役者
しんだきむさん
たより待つ海峡たち
つげやらん

旅客機が波にただよっていると
しらぬやまじに　ばかな
高射砲ひとり
まどふと
おでっさにかえるあんとん
うくらいなからきたいわん
さまざまの
うつくしい
流刑

新古今の、誰の、どの歌が「本歌取り」されているか、「注」はない。これには「故郷にゆく人もがな告げやらむ知らぬ山路にひとりまどふと」という哀傷歌が裁ち入れられている。新古今では、後一条院中宮威子の亡霊が、人の夢に出現して詠んだという詞書のある不思議な歌だ。故郷である此岸（現世）に帰る人がいたらいいな、自分は見知らぬ死出の山道で迷っているとその人に告げてやろう、というような意味の歌である。往生しきれない亡霊の嘆き。今生と後生との中間の世界を中有とか中陰というが、そこで悩み深い状態で迷っているということだ。

サハリン島を舞台に演じられた「さまざまの」歴史的な出来事や事件。一九三八年、サハリンの北緯五十度線の国境を越え、女優・岡田嘉子は愛人の杉本良吉と一緒にスターリンのソ連領へと亡命した。そこは極楽だったろうか。一九八三年、九月一日、ニューヨーク発アンカレッジ経由、金浦着予定の大韓航空機は領空を侵犯したということでソ連防空軍の襲撃により撃墜された。墜落した現場は宗谷海峡、樺太近海だった。乗客、乗員二六九名全員が死亡。一九四五年八月九日、ソ連軍が南樺太に侵攻した。戦車の蹂躙。迎え撃つ、無力な「高射砲ひとり」。一八九〇年、調査を終えて島からオデッサに帰るアントン・チェーホフ、ウクライナから島に来たイワン。「さまざまの／うつくしい／流刑」を字義通りに読む者はいないだろう。「ばかな／戦車／ばかな／すたーりんと国境／／ばかな／高射砲ひとり」に象徴される全体主義的な国家、国境、戦争の悲惨さと愚劣さ、それに翻弄され「逃げまどう／ひと／ひとびと」「かけこむ／役者」「しんだきむさん」、波に漂う「旅客機」、交代する「あんとん」と「いわん」との対比が浮かび上がらせるのは流刑地としての「サハリン島」であるだけでなく、愚劣さの中に漂う人間の実存そのものであり、それを「さまざまの／うつくしい／流刑」と呼んだのだろう。

生と死の境界を彷徨う亡霊の歌を背景とした『私本新古今和歌集』の「さはりん島」の「流刑」は、「あむすてるだむ」という詩の「流竄の帝王」とも関係する。隠岐に流された新古今の王者、後鳥羽天皇をここではアムステルダムに流亡させるのだ。後鳥羽自身の「橋姫の片敷衣さ筵に待つ夜むなしき宇治のあけぼの」などの歌が引用される。「流刑」と「流竄の帝王」。また同詩集の「しちりあ」では、藤原俊成女の「橘のにほふあたりのうたた寝は夢も昔の袖の香ぞする」が本歌取りされており、さらにタオルミナに滞在しているときのD・H・ロレンスが作った「蛇」の詩も出てくる。「きみの夏は／蛇の詩をもっているか?」と始まる「しちりあ」。そこに、もう一つ、ロレンスの「女陰のように／かがやくばらいろに裂けるいちじくの詩」が加わり、生命とエロスの賛歌になる。いちじくと橘。ロレンスと俊成女を重ねる「しちりあ」は、中田敬二にしか書けない詩だと感嘆する。ロレンスは「蛇」のことを"a king in exile"と、その詩で呼ぶ。蛇も「流亡の王」、「流竄の帝王」と同じなのだ。流刑地（a penal colony）としてのサハリン島での見聞が三十歳の、無感覚に陥る危険性に悩んでいたチェーホフという有能な医者を蘇生させた。そして『六号室』や『かもめ』に見られる日常の生の深淵を鋭く感覚的に拡大する病理医のような作家にしたように、樺太、サハリン、「さはりん」の全てが中田敬二を流亡や流竄、すなわちエグザイルとしての生に目覚めさせ、ロレンスや西行につながる「旅人」の一人にしたのだ。

　中田敬二の親友のイタリア人女性で、アメリカ文学をイタリアの大学で教えていた故アダ・ドナーティに「天翔るレビヤタン」という題の文章がある。二〇〇八年の詩集『砂漠の論理』の解説だが、すぐれた中田論でもある。同詩集所収の長篇詩「コメディー砂漠の論理」に「コメディー」と付けたのはなぜか？　ウォレス・スティーヴンズの長篇詩「文字Cとしてのコメディアン」などを援用しながら、「コメディアンとは、綱渡りのあやうさで、さまざまな仮面をつけ、さまざまな状況と一体化する者のことである。わたしたちはいままでに、彼が、どれも同じような自然さで、ナポレオン、ロレンスあるいはオマル・カイヤムと、いかに一体化することができるかを見てきた。まわりつづける回転ドアのように、彼は歴史のなかに入ったり出たりする。過去と現在、伝説や神話、西洋と東洋、天国と地獄もうろつく」とアダは述べ、それは「〈物語るわたし〉がそのまま〈さまよえるわたし〉である」という指摘につながる。ロレンスの最後の紀行『エトルリア遺跡』を下敷きにした長編の対話詩がある。遺跡を巡りながらの「おれ」と「デェイヴ（ロレンスのこと）」と、彼の連れで仏教学者のアメリカ人「B（ブルースター）」の断片的な対話、主に墓や浮彫などの様子を伝える説明から成り立っていて、ローマによって滅亡させられたエトルリア人へ寄せるロレンスの同情などをなぞることは忌避されている。ロレンスも、「おれ」と全く同様な次元にいる人間として描かれるのだ。歴史を俯瞰する視点ではない、「おれ」の彷徨、流浪が現在時において語られることで、それがいままさに実行されていて、どこへ行きつくか分からないという印象を読む者に抱かせる。歴史的な過去の事件であれ、町の中の小さな出来事であれ、長篇詩における視点はほぼ同様で、そこでうごめく人々の中で、〈物語るわたし〉がさまよい、うろつくのである。それが長篇詩（特に中田のネット時代の作品）に特有の饒舌な話体を産み出していく。ドライブ感あふれる話体で、この地上を流浪する貴種ではなく、まさに地上の人々、すなわち成り上がりものではないパーリアたちの神話を語るのだ。作品も、人間も、境界や視点を固定することはないと言えば、中田敬二という人格の一端を伝えたことになるだろうか。

故郷喪失という言葉につきまとう様々な感情がある。ザクセン出身の十二世紀の修道士、サン＝ヴィクトルのフーゴーの言葉をエドワード・サイードが紹介している（『故国喪失についての省察』）。「自分の故郷がすばらしいと感じている者は、まだ弱々しい未熟者にすぎない。あらゆる土地が自分の故郷であると感ずる者は、すでに強くなっている。しかし世界が残さず外国の地であると感ずる者は、完璧である。強い人間は、自分の愛をあらゆる場所に広げた。完璧な人間は、自分の愛を消滅させるのである」。民族や国家の境界の強化や、故郷のすばらしさなどをむやみに叫ぶことがどこに人を引き連れていくのか。文庫に収められた最後の詩で中田敬二は支配的な慣習や価値の一切を嗤っているかのようだ。「きみわが〝ピンピンコロリ〟を見たまえ！」と。サハリンの収容所を脱走することからすべてを始めた詩人は、アダの名づけた「天翔るレビヤタン」として「太陽系を脱出」し、「宇宙の一粒の火になる」のを夢見ているのだ。

太陽系を脱出する！　とわたしは叫んだ
わたしの回転面は　ほんのすこし海王星らとずれてい
　るから
いつでも太陽系を脱出することができる
宇宙の一粒の火になる！！
闇がいちだんと濃くなった

（「コメディー砂漠の論理」（つづき）より）

（2017.6.4）

現代詩文庫 237 中田敬二詩集

発行日 ・ 二〇一七年九月三十日

著　者 ・ 中田敬二

発行者 ・ 小田啓之

発行所 ・ 株式会社思潮社

〒162-0842 東京都新宿区市谷砂土原町三―十五

電話〇三（三二六七）八一五三（営業）八一四一（編集）八一四二（ＦＡＸ）

印刷所 ・ 三報社印刷株式会社

製本所 ・ 三報社印刷株式会社

用　紙 ・ 王子エフテックス株式会社

ISBN978-4-7837-1015-8 C0392

現代詩文庫

新刊